樱桃

[日] 太宰治 著

陈龄 叶琳 译

图书在版编目（CIP）数据

樱桃 / (日) 太宰治著；陈龄, 叶琳译. — 重庆：重庆出版社, 2021.2
ISBN 978-7-229-15617-6

Ⅰ. ①樱… Ⅱ. ①太… ②陈… ③叶… Ⅲ. ①日本文学－现代文学－作品综合集 Ⅳ. ①I313.15

中国版本图书馆CIP数据核字（2020）第252195号

樱桃

［日］太宰治　著　陈龄　叶琳　译

出　品：华章同人
出版监制：徐宪江　秦　琥
责任编辑：秦　琥
特约编辑：彭圆琦
营销编辑：史青苗　刘　娜
责任印制：杨　宁
封面设计：崔晓晋

重庆出版集团
重庆出版社 出版
（重庆市南岸区南滨路162号1幢）
投稿邮箱：bjhztr@vip.163.com
北京联兴盛业印刷股份有限公司　印刷
重庆出版集团图书发行有限公司　发行
邮购电话：010-85869375/76转810
重庆出版社天猫旗舰店
cqcbs.tmall.com
全国新华书店经销

开本：850mm×1168mm　1/32　印张：9.25　字数：152千
2021年5月第1版　2021年12月第2次印刷
定价：49.80元

如有印装质量问题，请致电023-61520678

版权所有，侵权必究

昭和16（1941）年，太宰在位于东京三鹰的住宅附近。

昭和15（1940）年，在东京商大以"近代之病症"为题演讲的太宰。

津岛家兄弟离家时合影,前排左起:三兄圭治,长兄文治,次兄英治。后排左起:弟弟礼治、太宰。

青森中学时代的太宰治。

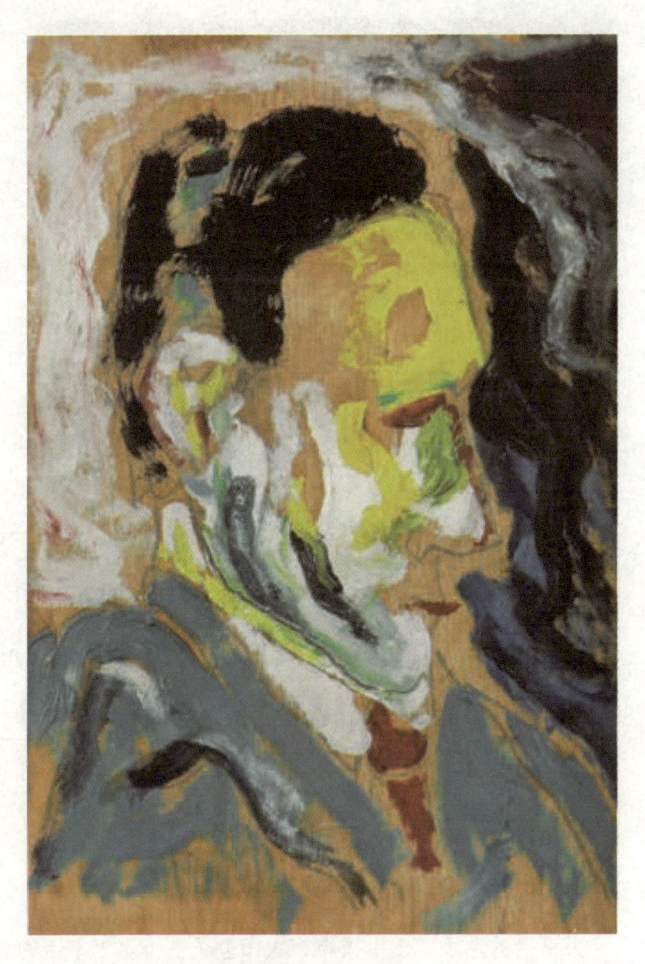

昭和22（1947）年，太宰治自画像。

太宰治的油画，图中模特为太田静子女士。太宰治的《斜阳》改编自太田静子日记，是书中"和子"的原型。

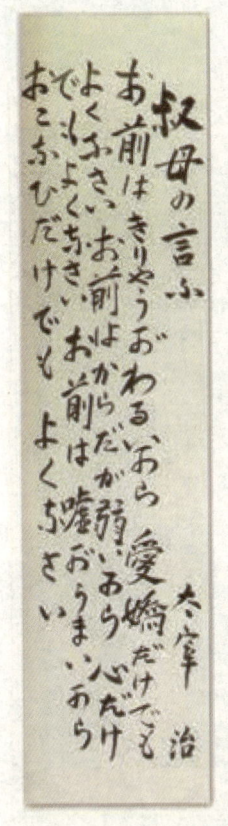

上图：原文为《古今和歌集》里大江千里的和歌。杨烈先生译为："见月遂悲秋，心伤何太甚。秋非我独私，月亦非群品。"太宰治选用了该和歌的后半部分。

左图："婶婶说：'你长得不漂亮，所以得学会招人喜爱。'……"太宰治《叶》中的一段。

下图：文字为："也不积蓄在仓里　太宰治"，取自《马太福音》。

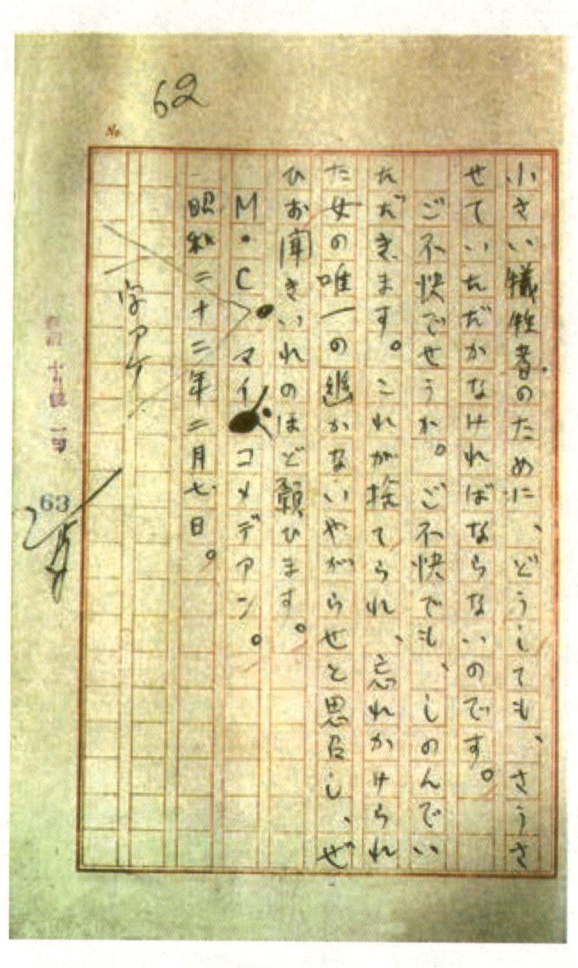

小さい犠牲者のために、どうしても、さうさせていただかなければならないのです。ご不快でせうね。ご不快でも、しのんでいただきます。これが捨てられ、それかられた女の唯一の逃がれないやから逃せと思召し、せひお聞きいれのほど願ひます。

M・C・マイ、コメデアン。

昭和二十二年二月七日。

《斜阳》手稿

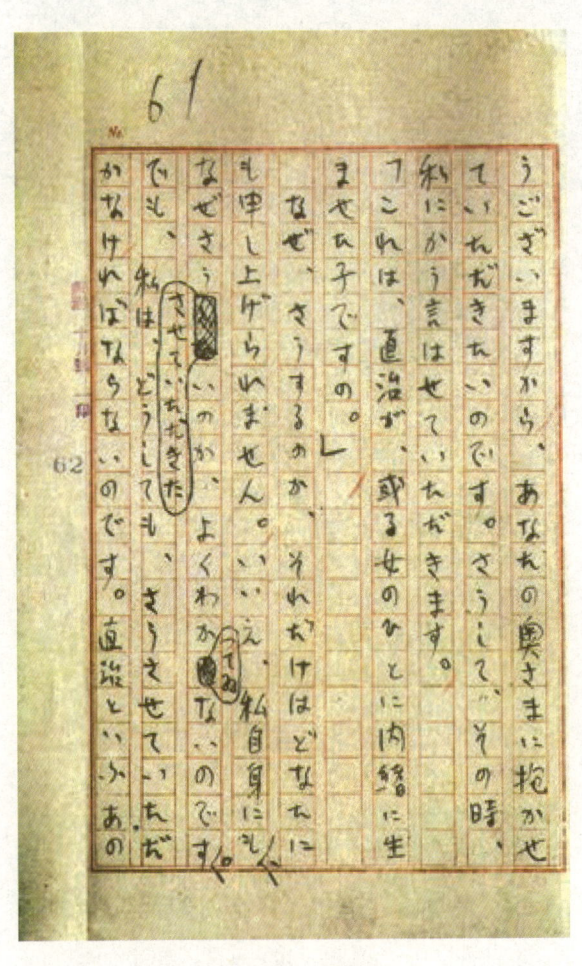

ございますから、あなたの奥さまに抱かせていただきたいのです。さうして、その時、私にかう言はせていただきます。

「これは、直治が、或る女のひとに内緒に生ませた子ですの。」

なぜ、さうするのか、それだけはどなたにも申し上げられません。いいえ、私自身にも、なぜさう~~させていただきた~~いのか、よくわから~~つてゐ~~ないのです。でも、私は、どうしても、さうさせていただかなければならないのです。直治といふあの

《人間失格》手稿

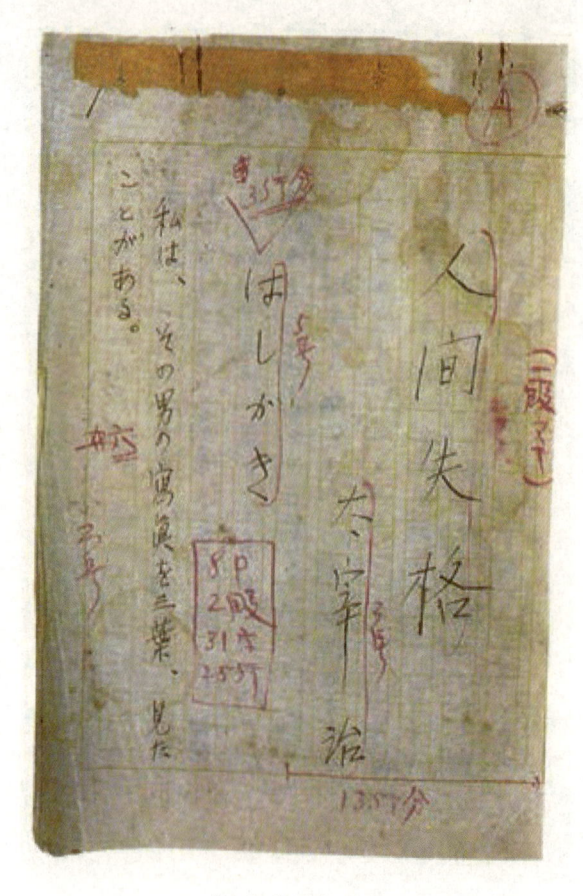

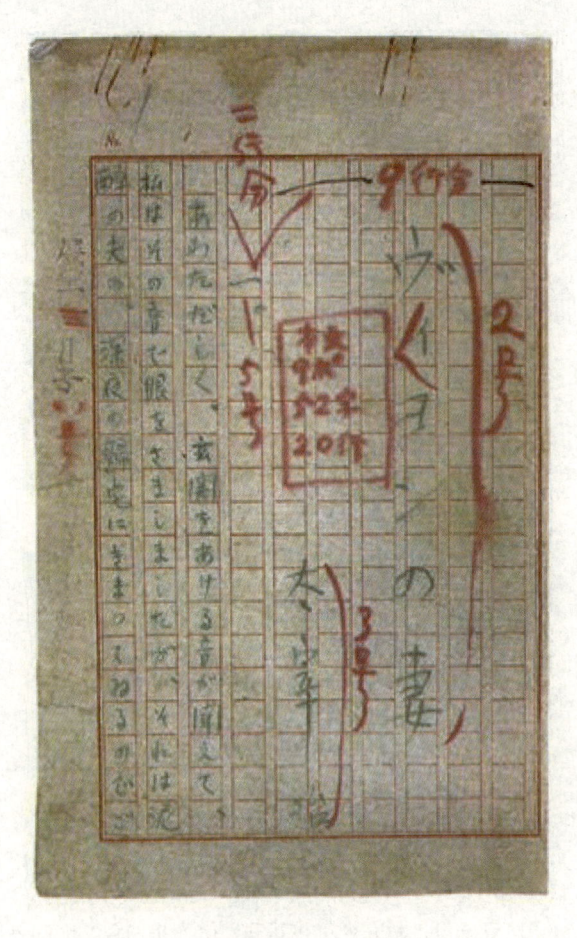

《维庸之妻》手稿

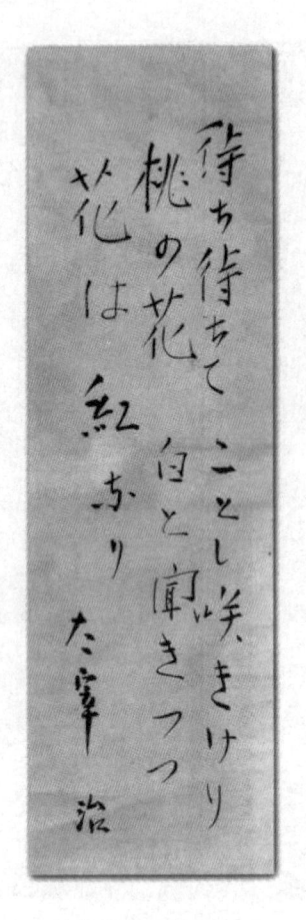

"日复一日，盼来今年桃花开，听闻是白色，哪知是红色。"太宰治自作和歌。

グッドバイ（一）

太宰治

岡堂二画

変心　一

文壇のくせある老大家が亡くなってくその告別式の終り頃からぐぐ雨が降りはじめその早春の雨であるとりその帰りぐく二人の男が相合傘で歩いている

太宰治遺作《Good Bye》手稿

目录

富岳百景 / 1

满愿 / 33

故乡 / 39

女生徒 / 63

亲友交欢 / 119

母亲 / 147

叮当叮当 / 165

维庸之妻 / 189

阿珊 / 225

家庭的幸福 / 247

樱桃 / 265

富岳百景

富士的顶角，广重[1]笔下的富士为85度，文晁[2]画的富士也是84度左右。可是，根据陆军的实际测量图绘制的东西及南北断面图来看，东西纵断面顶角成124度，南北断面顶角是117度。不仅仅广重、文晁，大部分绘画中的富士都是锐角，山顶尖细、高耸、别致。至于北斋[3]，甚至把富士山画得像埃菲尔铁塔，其顶角几乎是30度。然而，实际的富士钝角是有的，其角度缓缓拓开，东西为124度，南北为117度，绝不是秀丽挺拔的高山。我即使突然被老鹰从印度或其他什么国家攫来，"扑通"一声掉落在日本沼津[4]一带的海岸上，忽地看到这座山，也不会那么惊叹吧。正因为早先一直憧憬着日本的富士山，才感到很美。否则，真不知那么平庸的宣传，能对我们质朴、纯真而空洞的心打动多少呢？要是这样，富士山多少令人感到是一座缺乏阳刚之气的山。它不

---

1 广重在此指安藤广重（1797—1858），江户时代后期的浮世绘画师。其代表作是《东海道五十三次》。本书脚注均为译者注。

2 文晁在此指谷文晁（1763—1840），江户时代后期的画家。其代表作是《日本名山图绘》。

3 北斋在此指葛饰北斋（1760—1849），江户时代后期的浮世绘画师。其代表作是《富岳三十六景》。

4 沼津，静冈县东部的沼津市。

高，山麓舒展而低矮。拥有如此宽阔山麓的山脉，至少也要再高出1.5倍。

单单从十国岭[1]眺望，富士山很高大。感觉它很壮观！起初，因云雾看不到山顶，我从山麓的斜坡上判断那一带就是山顶，就在云层中做了一个记号。慢慢地云雾散开之后再一看，却大相径庭。我在比自己先前做好记号之处高出一倍的地方，一下子就看到了青绿的山顶。与其说我大吃一惊，倒不如说我感到很难为情，我哈哈大笑起来，觉得自己太想当然了。当一个人靠近完全可靠的事物时，他首先就会毫无顾忌地哈哈大笑，全身紧绷的神经一下子都松动了。这或许是一个奇怪的说法。那种感觉就像解开腰带大笑一般。诸位，假如你和恋人相逢，刚一相见，恋人就哈哈大笑起来的话，这是值得高兴的。千万不要责怪恋人的无礼。因为恋人见到了你，就全身心地沐浴在你那完全可靠之中了。

从东京的公寓眺望富士山很困难。冬天能很清晰地看到富士山。又小又白的三角形孤零零地浮在地平线上，那就是富士山。没什么特别的，就是圣诞节的装饰而已。而且，

---

[1] 十国岭，位于静冈县热海市和涵南町境内的山岭，海拔774米。

左边的山角倾斜，缺乏依凭感，就像是一艘从船尾处渐渐沉没下去的军舰。三年前的冬天，有人坦诚地告诉了我一个意外的事实，我感到很无奈。那天晚上，我在寓所的房间里独自咕嘟咕嘟地喝酒，且一夜未眠地喝到天明。拂晓时分，我在寓所的厕所里站着小解，透过蒙着铁纱的四方形窗户看到了富士山。那又小又白、左侧微微倾斜的富士山让人难以忘怀。一个卖鱼的骑着自行车从窗户下的柏油马路上疾奔而过，我听到他嘴里嘟囔着什么："哎呀，今天早晨富士山看得可真够清楚啊。好冷啊。"我伫立在昏暗的厕所里，一边抚摸着窗户上的铁纱网，一边阴郁而泣。那种神伤，我可不愿再次体味。

昭和十三年[1]的初秋，我抱着重振旗鼓的念头，拎着一个包就踏上了旅游的征程。

甲州[2]，这里群山的特征是山峦的起伏线格外虚无、平缓。一位叫小岛乌水[3]的人在《日本山水论》中也写道："登山的乖戾者很多，就像到此地仙游。"甲州的群山，或许会

1　昭和是日本昭和天皇（裕仁）的年号，昭和十三年是1938年。

2　甲州，日本甲斐国的简称，如今为山梨县。

3　小岛乌水（1873—1948），日本著名随笔家，本名久太，著有《日本山水论》（1905）。

成为山中的奇山。我从甲府市[1]乘坐巴士一路颠簸了一个小时，好不容易才到达了御坂岭[2]。

御坂岭，海拔1300米。山岭的顶上有一个叫作"天下茶屋"的小茶馆。井伏鳟二[3]先生从初夏时节便来到这里的二楼闭门写作。我知道这一点才到这里。怕打扰到井伏先生，我就借住在隔壁的房间，也想在御坂岭仙游一段时间。

井伏先生正在伏案写作。我得到井伏先生的许可后，暂时在这茶馆里安顿了下来。此后，即使讨厌，每天也必须与富士山正面相望。这山岭位于甲府到东海道、往返镰仓的要道上，据说是观望北部富士山有代表性的观望台，从这里看到的富士山自古就被列为富士三景之一，可我并不太喜欢。不但不喜欢，甚至还瞧不起。从这儿看到的富士山太过于理想化了。富士山位于正中间，山下宽阔的河口湖冷冷地泛着白光，近景处的群山静谧地蹲伏在它的两侧，环抱着湖泊。我看了一眼这景致，因惊慌失措而面红耳赤。这简直就是浴池里的油画，是戏剧舞台的布景。这景色怎么都觉得是按照

1　甲府市，山梨县甲府盆地北部的城市，是山梨县县厅的所在地。

2　御坂岭，位于山梨县南都留郡，正确的海拔应为1525米。

3　井伏鳟二（1898—1993），日本著名小说家，生于广岛。本名满寿二。代表作有《山椒鱼》《遥拜队长》《今日休诊》《黑雨》等。

自己的期望绘制的,我感到非常羞愧。

我来到这山岭的茶馆以后两三天,井伏先生的写作也告一段落。在一个晴朗的下午,我们登上了三之岭[1]。三之岭海拔1700米,比御坂岭稍高一些。向上攀爬陡坡,大约花了一个小时才到达三之岭的顶部。我用双手拨开蔓草,攀爬在狭窄的山径上,这姿势肯定是相当难看。井伏先生穿着正规的登山服,身姿轻快,而我没有带登山服,穿了一身和式棉袍装束。茶馆的棉袍很短,我那多毛的腿都露出了一尺[2]多。再加上脚上穿的是从茶馆老爷子那里借来的胶底鞋,所以连自己都觉得很邋遢。尽管稍加打扮了一下,系上了一条宽腰带,把挂在茶馆墙上的旧草帽戴在了头上,样子却更加奇怪。井伏先生绝非是一个瞧不起别人装束的人,可在此时也流露出一丝可怜我的表情,并小声地安慰我道:"不过,男人还是不要在乎装束的好。"对此,我至今难以忘怀。我们总算到了山顶,然而突然飘来了一阵浓雾,即使站在顶上视野开阔的观景台的悬崖边上也无法眺望。什么也看不到。井伏先生坐在浓雾下的岩石上,悠然地吸着烟,放了一个屁,看上去很是无聊。观景台上并排

---

1 三之岭,是御坂山地的一个高峰,也叫三峰山。

2 一尺,大约30.3厘米。

有三家茶馆，我们选了其中一家只有一对老年夫妇经营的简陋茶馆，在那里喝了杯热茶。茶馆的老太婆像是很同情我们似的说："这阵雾飘来的真不是时候，我想过一会儿就会散去的。富士山就在不远处，能看得很清楚。"说着，她从茶馆里面拿出了一幅很大的富士山照片，并站在悬崖边双手高高举起这张照片竭力地解释说："正好在这边，就这样能看到这么大，这么清楚的富士山。"我们一边饮着粗茶，一边眺望着照片上的富士山，笑了起来。我们看到了漂亮的富士山，对周围的浓雾并不感到遗憾。

大概是第三天了吧，井伏先生要离开御坂岭返回，我也一路陪他到了甲府。在甲府，我要与一位姑娘相亲。在井伏先生的带领下，我来到了位于甲府郊区的那位姑娘家。井伏先生是一身随意的登山服装束。我穿着夏季和服外褂，系着一根宽腰带。姑娘家的庭院里种了很多蔷薇。她母亲出来迎接我们，并把我们带到了客厅，寒暄过后，姑娘也出来了。我没有看姑娘的脸。井伏先生和姑娘的母亲闲聊着大人间的杂事。突然，井伏先生低声嘟囔道："哟，富士山！"

他抬头看到了我背后横木板。我也转过身来抬头看了看后面的横木板。一幅富士山顶部大喷着火山口的俯瞰图镶在画框里，挂在那里，火山口就像雪白的睡莲花。我仔细看了这幅图片之后，又慢慢地转回身体。这时瞥见了姑娘。我决定了：不管有多少困难，我都要和这个人结婚。我要感谢那富士山。

井伏先生当天就返回了东京，我则再次折回御坂。此后，九月、十月，一直到十一月的十五日，我都在御坂的茶馆二楼一点点、一点点地写作，并和那不怎么喜欢的"富士三景中的一景"疲惫地对话。

我曾经大笑过一回。一位是大学讲师还是什么的浪漫派的朋友，徒步旅行的途中顺便来到了我的借宿处。当时，我们俩来到了二楼的走廊上，一边眺望着富士山，一边狂妄地说：

"实在是俗气得很哪。难道富士山就是这种感觉吗？！"

"看这富士山反而感到难为情呢。"

就在我抽着香烟这么说时，朋友突然用下颌一指说：

"哎！那个僧人打扮的人是谁啊？"

只见一位五十来岁的矮个子男人，身穿一件黑色的破僧袍，拖着一根长拐杖，不断仰望着富士山，登到了山岭。

"这叫西行[1]望富士吧。很有这架势！"我对那位僧人感到很亲切，"说不定他是一位有名的圣僧呢。"

"别胡说了。他就是一个乞丐！"朋友对此很冷淡。

"不是，不是。他有脱俗的地方呢。你不觉得他的步态很有范儿吗？听说能因[2]法师在这山岭上创作过颂扬富士山的和歌。"

在我正说着的时候，朋友笑了起来。

"哎，你瞧！露馅了吧。"

能因法师被茶馆豢养的一条叫哈奇的狗的吠叫吓得仓皇失措。那个样子实在令人感到狼狈不堪。

"果然，不咋样啊。"我感到很失望。

乞丐的狼狈样，是可怜兮兮地左躲右跑，最后竟猛地扔掉了手杖，张皇失措，大失分寸，慌乱地逃走了。这样子确实没有范儿了。要说富士山够俗气的话，那法师也很俗气。现在想起来，我都觉得无聊透顶。

---

1 西行（1118—1190），平安末期到镰仓初期的歌僧，俗名佐藤义清，法号圆位、大宝房等，著有歌集《山家集》、见闻录《西公谈抄》等。

2 能因（988—1058？），平安中期的著名歌人，俗名橘永恺，出家后被称为古曾部入道，著有《能因歌枕》、诗文集《玄玄集》、歌集《能因法师集》等。

有一位叫新田的二十五岁的温厚青年,在岭下山麓一个叫吉田的狭长城镇里的邮局工作。他说是通过邮递件得知我来到了这里,就造访了岭上的这家茶馆。在二楼我的房间里,我们交谈了一阵,渐渐地熟悉了起来。这时,新田笑着说:"其实,我还有两三个朋友,大家原本打算一起来看望您的。可是就要出发时大家打起了退堂鼓。因为佐藤春夫[1]先生曾在小说中说太宰先生相当颓废,而且是一个性格有问题的人,加之大家万万没想到您是一位这么认真、这么规矩的人,所以我也不好硬把他们带来。下次把他们带来。您不介意吧?"

"那当然不介意,"我苦笑着说,"那么你是鼓足了勇气代表你的朋友来侦探我的啦?!"

"我是敢死队,"新田说得很坦率,"昨晚我又反复看了佐藤先生的那部小说,然后下定了决心才来的。"

我隔着房间的玻璃窗眺望着富士山。富士山默默地耸立着。我心道:它真雄伟啊。

"真美啊!富士山毕竟还是有它的壮美之处啊。实在是了不起啊。"我自觉比不上富士山。我为自己时时涌现的那份爱

---

[1] 佐藤春夫(1892—1964):日本现代著名诗人、小说家。著有《殉情诗集》,小说《田园的忧郁》《城市的忧郁》等。

憎感到羞愧。我感觉富士山确实很雄伟，很了不起。

"表现得很了不起吗？"新田好像觉得我说的话很古怪，睿智地笑了笑。

此后，新田带来了很多年轻人，大家都很沉稳，并称呼我为"老师"。我认真地接受了这一称呼。我毫无值得夸耀之处，既没有学问，也没有才能，肉体肮脏，精神贫瘠。不过，只有这苦恼——被那些青年称作"老师"而默默地接受——出现了，仅此而已。这是一点点自负。然而，我明白只有这份自负是自己想拥有的。到底有几人知道，一直被那些像任性磨人的孩子一般称呼的我，心中拥有的苦恼呢？新田和后来一位叫作"田边"的擅长短歌的年轻人都是井伏先生的读者。因此，我也有了一种安心感，和他们两人成了最要好的朋友。我曾请他们带我去了一趟吉田，那是一个非常狭长的城镇，有一种山麓的感觉。太阳和风都受到富士山的遮挡，城镇就像是一束又细又长的秸秆，给人一种昏暗、略带寒冷的感觉。沿着马路，有一条清溪流淌着。这有山麓城镇的特征，在三岛[1]也是如此，清溪潺潺流过整个城镇。当地的人们都坚信，那是富士山上的雪融化后流淌下来的。吉田

---

1 三岛，位于静冈县东部的一座城市。

的水同三岛的水相比，不但水量不足，而且还不干净。我望着那条清溪的水说道：

"在莫泊桑的小说里描写了这样一个场景：某个地方的小姐每天晚上都游过河去见贵族公子。她身上的衣服是怎么处理的呢？该不会是裸体吧！？"

"是啊！"年轻人们也都思索起来，"会不会是穿着游泳衣呢？"

"也许是把衣服牢牢地顶在头上，就这样游过去的吧。"

青年们都笑了。

"或者穿着衣服进入河中，浑身湿淋淋地见贵族公子，两个人再用暖炉烘干衣服吧？要是这样的话，那回去时该怎么办呢？她必须将好不容易烘干的衣服又要搞湿了游回去，真叫人担心呢。要是那个贵族公子游过来就好了。因为男人嘛，即使穿一条短裤游泳，也不伤大雅的啊。恐怕那个贵族公子是个旱鸭子吧？！"

"不，我想还是因为那个小姐更痴迷对方吧。"新田说得很认真。

"也许吧。外国故事里的小姐都很勇敢可爱呢。所以她一旦爱上对方，就会奋不顾身地游过河去见对方的，这在日本是不可能这样的。不是有一个叫什么的戏吗?戏里有这样一个场景:中间流淌着一条河,小伙子和姑娘分别在河水的两岸悲叹。当时,姑娘不必哀叹,游过去又会怎样呢?在戏里看,那是一条很窄的河流,哗哗地游着渡过去会是怎样呢?他们那么悲切,毫无意义嘛,不值得同情啊。朝颜[1]所面对的大井川[2]是一条大河,而且朝颜还双目失明,对此多少让人同情,可是,即便如此也不是不能游过去。紧紧抱住大井川的木桩,怨恨老天,毫无意义啊。啊,有一位。在日本,也有一位勇敢的姑娘呢,她很了不起。大家知道吗?"

"有吗?"青年们都目光炯炯地问道。

"清姬[3]。她紧追安珍,游过了日高川[4]。她拼命地游,很厉害!根据故事书的记载,当时清姬只有十四岁呢。"

我们一边走,一边闲聊,到达了郊外一家寂静而陈旧的旅馆。田边好像跟这里很熟。

---

1 朝颜,日本著名长篇小说《源氏物语》第20帖中的人物。

2 大井川,流经静冈县的河流,长160千米。

3 清姬,是日本有关纪州道成寺的传说人物。清姬爱上了前往熊野参拜的年轻僧人安珍,变身成了一条大蟒蛇,紧追其后,并在道成寺烧死了藏匿在大钟后面的安珍。

4 日高川,发源于和歌山县中部、与奈良县交界线上的护摩坛山,长115千米。

我们在旅馆里喝了酒。那天晚上的富士山很美。大约晚上十点左右，年轻人们把我一个人留在了旅馆，各自都回家去了。我无法入眠，穿着和式棉睡袍走到了外面。这是一个月光皎洁的夜晚，富士山很美。迎着月光，清辉透明，我感到自己像是被狐狸迷住了一般。

富士山湛蓝欲滴，给人一种磷火燃烧般的感觉。鬼火，狐火，萤火虫，芒草，葛藤。我感到自己飘飘然，径直走在夜路上。只有木屐的声音呱嗒呱嗒地响着。那声响清脆得好像不是发自自己的脚下，而是发自其他生物的一般。我悄然回头，只见富士山泛着清辉浮在空中。我叹了一口气，感觉自己就是维新志士，就是鞍马天狗[1]。我煞有介事地把双手揣在怀里走着，不由得感到自己真像个大人物。我走了相当远的一段路，把钱包搞丢了。里面有二十枚左右的五十钱硬币。大概是因为太重，才从怀里哧溜一下滑落的吧。真有点怪，我竟然很平静。没了钱，走着回到御坂也可以。就这样，我继续走着。忽然，我意识到如果照这样再沿着刚才走过的路往回走，钱包会在的。我双手揣在怀里，信步返回去

1　鞍马天狗，日本著名小说家大佛次郎（1897—1974）的系列小说《鞍马天狗》中的主人公。

了。富士山、月夜、维新志士、丢了钱包。我感觉这就是风趣的传奇小说。钱包在道路的中央闪闪发亮，一定是它。我拾起了钱包，回到旅馆睡下了。

我是被富士山迷住了。那天晚上，我傻了，完全失去了意志。即使现在回想起那天晚上的事情，我也感到浑身乏力。

我在吉田住了一晚，第二天回到了御坂。茶馆的老板娘见了我暗自发笑，她那十五岁的女儿则绷着脸。我想婉转地告诉她们我并没有去干什么见不得人的事，她们什么也没问，我倒是自己主动地把昨天一天的行动详细地说了出来。投宿的旅店名称、吉田酒的味道、月夜的富士山、丢落了钱包，全都说了一番。老板娘的女儿又高兴起来了。

"客官！起来看啊！"

一天早晨，老板娘的女儿在茶馆外面高声地呼喊着，我勉强地起了身，向着走廊走去。

老板娘的女儿兴奋地面颊通红，默然指向天空。我一看，是雪。我吃了一惊。原来是富士山下雪了。山顶白皑皑地闪闪发光。我心想御坂的富士山也不能小觑啊。

"真好看啊！"

听到我的赞美,老板娘的女儿得意地用了一个赞美词说:"非同一般吧。"

接着,她又红着脸说:"御坂的富士山,这样还不好吗?"或许是因为我以前就一直告诉她这样的富士山低俗而不好看,她才在内心一直感到沮丧的吧。

"果然,富士山不降雪的话就不咋样!"我装出一本正经的模样,重新对她这样说道。

我穿着和式棉睡袍到山上转悠,采了满满两把待宵草[1]的种子回来,并把种子撒在了茶馆的后门处。

"可以吗?这是我播种的待宵草。明年我还会来看的。可不要往这里倒洗涤水什么的呀。"

老板娘的女儿点了点头。

之所以特别挑选了待宵草,是因为我认为待宵草与富士山很般配。御坂岭的那家茶馆,可以说是山中唯一的房屋,所以邮递件无法送达。从山岭的顶上乘坐公交车要颠簸三十分钟左右,才能到达岭下山麓河口湖畔一个叫"河口村"[2]的

---

1 待宵草,原产于智利的柳叶科植物,高80厘米。到了夏季傍晚,它会绽放鲜黄色四瓣花。

2 河口村,如今为河口湖町。

不折不扣的荒村。寄给我的邮件物品都留在那个河口村的邮局里。我差不多每三天就要去那里一次取我的邮品。我都选天气晴好的日子去取。这里的公交女乘务员不会为观光客特别介绍风景。尽管如此，但有时她也会像想起什么似的，用一种极其散文式的语调，沉闷地、近乎嘟哝地介绍说：那是三之岭，对面是河口湖，湖里面有西太公鱼，等等。

从河口邮局取了邮件物品，在乘坐公交车摇摇晃晃地返回岭上的茶馆途中，紧挨着我的旁边端坐着一位六十岁左右的老太太。她身穿一件深咖啡色的披风，脸色苍白，容貌端庄，和我的母亲长得很像。女乘务员想起了什么似的，突然冒出一句说："各位乘客，今天能清晰地看到富士山呢！"那语气既分不清是介绍，也辨不明还是自己一个人在感叹。听她这么一说，背着背包的年轻工薪族，梳着大大的日本发髻、穿着绸子衣服、小心地用手帕遮住嘴、艺妓派头的女子等，都转动着身子，一起把头探出了车窗外，仿佛现在才发觉似的，眺望着那平淡无奇的三角山发出"啊""哎呀"等傻傻的感叹声。车内一阵嘈杂。然而，我身旁的这位老人家好像心中有一种深深的忧虑。她和其他观光客不同，连看都不看一眼富士山，反而一直注视着与富士山反方向的、山路沿线的断崖。我对她的专注神态感到全身振奋。我也想让她看到我不愿看如此俗气的富士山那种高尚而虚无的心情。我还想让她感受到我对其产生共鸣的态度：即使什么也没有对我说，您的痛苦和孤寂我也都明白。于是，我借机悄悄地靠近老太太，和她保持同一种姿态呆呆地将视线投向断崖一方。

大概老太太也对我感到放心吧。她心不在焉地说："啊，待宵草！"

说着，她用纤细的手指，指向路旁的一个地方。公交车唰地一下开了过去，金黄色的一朵待宵草花，在我眼前一闪而过，那花瓣鲜艳夺目，让人久久难忘。

那待宵草花与海拔3778米[1]的富士山傲岸地对峙着，一点也不摇晃。怎么说好呢？我想说那待宵草就像金刚劲草[2]一般，坚韧挺拔直立在那里，太美了。待宵草与富士山很般配。

尽管十月份已经过半，但我的手头写作迟迟没有进展。我思慕友人。晚霞红艳，云雾缭绕。我在二楼的走廊上独自

---

1 富士山的正确高度应该是3776米。
2 金刚劲草，原文是"金刚力草"，表示如同金刚力士强劲有力。这是作者本人的造语。

吸着香烟，故意不去遥望富士山而一直凝视着山上那鲜艳欲滴的通红红叶。

我向正在茶馆门前扫落叶的老板娘打了一声招呼："老板娘！明天会是个好天气哪。"

我这声音近乎欢呼，尖得连自己都感到吃惊。老板娘停下手中的扫帚，抬起头疑惑地皱着眉头问道："明天，您有什么事吗？"

她这么一问，我倒不知如何作答了。

"没什么事。"

老板娘笑了起来。

"您感到寂寞了吧。您爬爬山怎么样？"

"即使爬山，还要马上下来。很没意思。无论爬哪一座山，都只是看到相同的富士山。想到这，我就觉得心里沉甸甸的。"

也许是感到我说的话有些奇怪吧，老板娘只是模棱两可地点了点头，又扫起了枯叶。

睡觉之前，我轻轻地拉开房间的窗帘，隔着玻璃窗户眺望着富士山。在月色清辉的晚上，富士山像水中的精灵一样泛着青白色的光芒屹立着。我叹了一口气。啊，看见富士山了。今晚的星星很大。明天将是个好天气吧。心中仅仅耀动着这么一点点喜悦。接着，我又把窗帘轻轻地拉上了，就这样睡下了。虽说明天是个好天气，可对我来说没什么特别之意。想到这，觉得可笑，一个人在被窝中苦笑了起来。我感到很痛苦。比起写作——专心运笔——这种痛苦，不，运笔反而是我的乐趣，不是运笔而是我为我的世界观、所谓艺术、所谓将来的文学，从某种意义上说所谓新颖，至今还没有确立而感到苦恼。并非夸张，我感到痛苦不堪。

我想只有这样：把自己一下子捕捉到的朴素的、自然的以及简洁鲜明的东西写在纸上。这么想时，眼前的富士山的姿态也别有意味地映入了眼帘。我开始对富士山有点妥协了，它的这种姿态、这种表现最终也许是我所想的"单一表现"的美。然而，我还是对富士山那种过于棒状的朴素感到有些受不了。如果这种样子是美的话，那么装饰品布袋神[1]也应该是美的。那装饰物布袋神怎么都叫人受不了。我很难想象那种东西是一种美的表现。富士山的这种形态还是有点不

---

[1] 布袋神，在日本被尊为七福神之一。据说是中国唐末、后梁时代的禅人，名叫契此。传说他露着肥大的肚子，背着装有日常生活用品的袋子，手拿拐杖，到处游走，能预测人的命运、天候的状况。

对劲。我一再踌躇困惑，感到它别扭。

　　我早晨和傍晚眺望着富士山，度过了阴郁的时光。十月末，山麓吉田镇上的一群艺妓分乘五辆汽车来到了御坂岭。这大概是一年一度的开放日吧。我从二楼观望着这幅景象。身着各色服装的艺妓们从车上下来，就像一群从笼子里放出来的信鸽一样，一开始不知道往哪里走，只是聚集在一起转来转去，默然地你推我搡的。不一会儿，她们就很快地消除了那种紧张感，各自开始溜达了起来。有的在认真地挑选着摆在茶馆柜面上的明信片，有的伫立着在眺望富士山。那景象昏暗、寂寥、难以分辨。二楼一位男子不惜生命的共鸣，也没有为她们的幸福增添任何意趣。我只是在看着她们。痛苦的人就痛苦吧！堕落的人就堕落吧！这和我没有关系。这就是人世间。我虽然假装冷漠地俯视着她们，但心里却感到很痛苦。

　　恳求富士山吧。我突然想到了这一点。"喂！她们就拜托给你了！"我抱以这样的心情抬头仰望，只见富士山在寒空中呆呆地挺立着，当时的富士山看起来就像一个身着和式棉睡袍，双手揣在怀里傲然站立的大首领一样。我这样托付富士山之后，大为放心了，心情轻松了起来，便不顾那群艺妓和茶馆里六岁的男孩子一起带着名叫哈奇的长毛狮子狗，到山岭附近的隧洞去玩了。在隧洞的入口处，一位三十岁上下、纤瘦的艺妓正一个人静悄悄地采集不知名的花草。即使我们从她的旁边走过，她也不予理睬，心无旁骛地采摘着花草。我又抬起头仰望着富士山祈求道："这个女子也顺便拜托你了！"委托好之后，我牵着那孩子的手，快步走进了隧洞。冰冷的地下水从隧洞上方滴落到脸上、脖颈上，我心想她们关我什么事啊，便故意迈着大步走了起来。

当时，我的婚事正遇到了挫折。因为我清楚地明白，家里[1]的人不会给我任何帮助，所以我很为难。我自顾自地打着如意算盘，心想：家里面至少会资助我一百日元吧。我用它举办一个简单而严肃的婚礼，至于成家以后的费用，我可以靠我的写作来挣。然而，依据两三封的书信来往，我就清楚了家里根本不会给我资助的。我感到一筹莫展。在此，我已经做好思想准备：即使婚事告吹也无妨。不管怎样，我要向对方把事情的经过和盘托出。于是，我一个人就下了山岭，去拜访了甲府的那位姑娘家。幸巧，姑娘也在家。我被带到了客厅。当着姑娘和她母亲的面，我把所有的事情都开

1　所谓家里是指位于青森县北津轻郡金木町的津岛家。

诚布公地说了。在诉说的过程中，有时语调为演讲，有时沉默无语。但我总体感觉说得还比较直率。

姑娘心平气和地歪着头问我："这么说来，您的家人是反对了？"

"不，不是反对！"我轻轻地将右手掌按在桌子上，说道，"我觉得他们的意思是让我一个人来办！"

"好！"姑娘的母亲很有风度地笑着说，"正如你所看到的，我们也不是很有钱的人。大张旗鼓的婚礼，我们反倒感到为难。只要你自己对爱情、对职业有热情，那我们就满意了。"

我甚至忘记了行礼致谢，好长一会儿一直木然地注视着庭院。我感觉到了眼中的热泪，心想一定要孝敬这位母亲。

回去时，姑娘把我送到了公交车的始发站。我边走边装腔作势地说："怎么样？我们再交往一段时间看看吧。"

"不用，我们已经交往很久了。"姑娘笑着说。

"你有什么要问的吗？"我越发说起了胡话。

"有。"

我心想无论她问什么，我都会如实作答的。

"富士山已经下雪了吧？"

我对她的这个提问感到很扫兴。

"下了,山顶上——"我说着,忽然在前方看见了富士山。我感到很奇怪。

"什么啊。从甲府不是也能看见富士山吗?你在愚弄我。"我说话的语气很不正经,接着又说道:"你刚才的提问很蠢。你在愚弄我啊。"

姑娘低着头,咻咻地笑着说:"这是因为你住在御坂岭呀。我想如果不问你富士山,不好吧。"

我感到这位姑娘很有趣。

从甲府回来以后,我感到肩膀的肌肉僵硬,难受得连呼吸都感到困难。

"感觉真好啊,老板娘!还是御坂岭这儿好啊,就像回到了自己的家一样呢。"

晚饭后,老板娘和她的女儿轮流给我捶打肩膀。老板娘的拳头又硬又猛烈。她女儿的拳头则很轻柔,没太大效果。我不断要求她:再用些力,再用些力。于是,老板娘的女儿拿来了一根木柴,用它咚咚地捶打我的肩膀。如果不让她这么用力捶打,就无法消解肩膀的酸痛。这都是因为我在甲府很紧张,太专注了。

从甲府回来,这两三天我一直都不在状态,一点都不想写作,一边坐在桌前不得要领地乱写一通,一边吸金蝙蝠香烟。抽了七八包的香烟,又躺下来,一遍遍地反复唱《若不磨金刚石》[1]这首歌。小说连一页都没有进展。

"客官!你去了一趟甲府,感觉就不对劲了嘛。"

早晨,当我两手托腮坐在桌前,闭着眼睛正想着种种事情的时候,老板娘十五岁的女儿一边在我背后擦拭着壁龛,一边心怀不悦地以一种带刺的语气这么说。

"是吗?不对劲了吗?"

老板娘女儿没有停下手中的活儿,接着说:"是啊。很不对劲。这两三天,你不是一点儿都学不下去吗?我每天早晨都会按编号整理你信笔写下的稿纸,感到非常愉快。看到你写得很多,我就很高兴。昨晚我又悄悄地上二楼来看你的。你知道吗?你是不是蒙着头睡下了?"

我很感激她所做的一切。说得夸张一点儿,这就是她对一个人坚持到底所付出努力的真正声援。她没有考虑任何酬谢。我觉得老板娘的女儿很美。

---

1 这是日本战前小学生歌唱中的歌词。意思是:金刚石如果不磨就不成器,人若不努力,就不会有成就。歌词是勉励大家积极向上的意思。

到了十月末，山上的红叶开始发暗，变得不好看了。此时一夜的暴风雨过后，眼看着满山青绿化作漆黑黑的冬季枯木，连游客都寥寥无几，茶馆的生意也萧条起来。有时候，老板娘带着六岁的男孩到山麓的码头、吉田去买东西，因为山岭上没了游客，也就剩下我和老板娘的女儿两个人一整天都待在上面静静地度日。我在二楼感到闷得慌，就到外边四处转悠，只见老板娘的女儿在茶馆的后门洗衣物，便走近她的身旁大声说道："真闷啊！"

说着，我一下子笑了起来。老板娘的女儿低着头，我瞧了瞧她的脸，大吃一惊。她哭丧着脸，一副恐惧的表情。原来如此啊。我很不是滋味地急忙转身向右，以一种很反感的心情快步走上了满是落叶的狭窄山道。

从那以后，我就很留意了。当老板娘的女儿独自一人的时候，我尽量不要离开二楼的房间。当有客人来到茶馆时，也出于保护她的意思，我会悠哉游哉地从二楼走下来，坐在茶馆的一个角落里慢慢地喝茶。有一天，一位新娘装扮的客人，在两位身穿带有家徽和式礼服的老大爷的陪伴下，乘坐汽车来到了这里，在这山岭上的茶馆稍作休息。当时，也只有老板娘的女儿一人在茶馆里。我依旧从二楼走下来，坐在茶馆一隅的椅子上抽起了香烟。新娘子穿着一件下摆带花的长和服，后背系着金线织花锦缎的带子，头上蒙着白色头纱。这一身是一套堂堂的正式礼服。由于对方是不寻常的客人，老板娘女儿也不知如何招待，只是给这位新娘和两位老人沏上了茶，便悄悄地躲在我的背后一直站着，默默地注视着新娘子的举动。在一生中只有一次的隆重日子里——他们大概是从山岭对面一侧嫁到相反一侧的码头或吉田镇吧。途中，他们在这山岭上稍作休息，眺望富士山。这在旁人看来浪漫得有些难为情。这时，新娘子轻轻地走出了茶馆，站在茶馆前面的悬崖边悠闲地眺望富士山。她把双腿交叉成X形站立在那里，摆出一副很大胆的姿势。这真是一位从容不迫的人啊。我继续观赏着新娘子，观赏着富士山。不一会儿，新娘子冲着富士山打了一个哈欠。

"哎呀！"

我背后传来低低的喊叫声。老板娘的女儿也好像眼尖地看到了新娘子打哈欠。不久，新娘子一行乘上等候在此的汽车，下了山岭。接下来，这新娘子可成了话把儿了。

"她这是习惯动作！她肯定已经是第二次了，不，大概是第三次了。新郎也许在山岭等着她呢，而她却从汽车上下来眺望富士山。若是第一次出嫁的话，这种不拘小节的事，不会做的。"

"还打哈欠了呢，"老板娘女儿也竭力表示赞成，"张那么大的嘴巴打哈欠，真是厚脸皮啊。客官，你可不能娶那种新娘子啊。"

我都这把年纪了还没成家，感到面红耳赤。我的婚姻之事也趋向好转，全都承蒙一位前辈的关照。婚礼也只请两三个自家人参加。尽管简陋，也要庄严地在那个前辈家举行。对这人情，我像一个少年一样感到兴奋。

进入十一月份，御坂岭的寒气已经令人难耐。茶馆备好了火炉。

"客官，您二楼很冷吧！您写作的时候，就在炉边写怎么样？"老板娘如是说。可我天性是那种在别人面前无法进行写作的人，所以谢绝了她的好意。老板娘担心我，就去岭下山麓的吉田，买回来了一个被炉[1]。我在二楼的房间里，将腿伸入被炉，真想打心里对这茶馆里的人的热情表示谢意。可是，眺望着已经被大雪覆盖了近三分之二姿容的富士山，

---

1 被炉，是一种取暖的装置，用脚炉木架将炭火或电热源围起来，上面是矮桌子，桌子上盖着一层被褥，双腿可以伸进桌子下进行取暖。

还有那濒临附近群山萧条的冬季凋零的树木，再在这山岭上忍受着刺骨的寒气我感到毫无意义。于是，我决意下山。下山的前一天，我穿着两件棉袍，坐在茶馆的椅子上喝着热茶时，有两位身穿冬季外套、像打字员似的有知识的年轻姑娘，从隧洞方向嘻嘻哈哈地边笑边走了过来。她们忽然看到眼前雪白的富士山，感动地停下了脚步。然后，好像悄悄地商量着什么，其中一位带着眼镜、皮肤白净的姑娘微笑着向我走了过来。

"劳驾，请给按一下快门好吗？"

我张皇失措起来。我对机械的东西不太精通，又对拍照一点儿都不感兴趣。加之穿着两件棉袍，一身邋遢样，就连茶馆的人都笑称我像一个山贼。因此，当来自东京、身着华丽服装的姑娘委托我这新潮的事情时，我从内心感到很狼狈。不过，转念一想，虽然我是这副装扮，但别人眼里也许我别有风趣，说不定看起来像是一个很会按快门拍照的男子。这么一想我就感到兴高采烈起来，假装镇静，接过姑娘递来的相机，以一种若无其事的语气稍加询问了一下快门的按法之后，哆哆嗦嗦地瞧了瞧镜头。正中间是很大的富士山，下面是两朵小小的罂粟花。两个人都穿着大红色的外套。她们俩紧紧地相拥着靠在一起,一副严肃的面孔。我感到可笑得不得了。拿相机的手颤抖着,简直难以对准镜头。我憋住笑,看了一下镜头,罂粟花越发清晰,直挺挺地立着。我实在很难瞄准她们,把她们从镜头中清除出去了,只把富士山捕捉在整个镜头里。再见,富士山!承蒙您的关照,谢谢了。咔嚓!

"好了。照好了。"

"谢谢!"

她们俩齐声道谢。或许她们回到家里冲洗出来看时会大吃一惊吧。照片里只有富士山拍得很大,很大,她们两人的身影根本见不到。

随后第二天,我就下山了。我先在甲府的小客栈里住了一夜。翌日的早晨,我倚着小客栈走廊上脏兮兮的栏杆抬眼看一眼富士山,只见甲府的富士山从群山后面露出三分之一的身姿,很像洛神珠[1]。

---

1 洛神珠,又称红姑娘、灯笼草。它属于草本植物,高约70厘米,叶子呈卵形,有粗锯齿,供观赏用。

满

愿

这是四年前的故事。当时我住在伊豆三岛一位熟人家的二楼,故事发生于我在那里度夏撰写传奇小说的时候。

有一天夜晚,我醉醺醺地骑着一辆自行车走在马路上,结果摔倒受伤了,把右脚踝上方磕破了。伤口虽然不深,但因为我喝酒,出了很多血。于是,我急惶惶地跑去看医生。私人诊所的医生是一个三十二岁的大胖子,长得像西乡隆盛[1]。他也喝醉了。他和我一样醉得摇摇晃晃地出现在诊室里,我感到很可笑。我一边接受治疗,一边暗暗地笑了起来。于是,医生也哧哧地笑起来。我们俩终于忍不住,一起放声大笑了起来。

从这天晚上起,我们成了至交。比起文学来,这位医生更钟爱哲学。我也感到谈及哲学方面的内容既轻松,又很起劲。他的世界观应该称得上是原始二元论,把世上发生的事情都统统地视为好人和坏人的交战,这倒是干脆利落。尽管我内心一直相信单一神——爱,可是当听了医生的好人、坏人之见地后,郁闷的心立刻感到了一阵凉爽。医生打了一个比方说,为了款待我夜晚到访,马上命夫人端上啤酒的医

---

1 西乡隆盛(1827—1877),日本明治维新的三杰之一。

生本身就是一个好人。而笑呵呵地提议"今晚不要喝啤酒，打桥牌（一种扑克牌的游戏）吧"，说这句话的夫人就是一个坏人。对此，我也毫不隐讳地表示赞同。医生的夫人个头矮小，脸盘胖嘟嘟的，肤色白皙，人很文雅。夫妇俩没有孩子，夫人的弟弟住在二楼。他就读于沼津商业学校，是一位忠厚老实的少年。

医生家订了五种报纸。因此，为了看报，我几乎每天早晨都在散步的途中顺便去医生家打扰三十分钟或一个小时。我从后门绕进去，坐在客厅的走廊上，一边喝着夫人端来的凉麦茶，一边用一只手用力摁住被风吹得哗啦啦直响的报纸，细细阅读。距离走廊不到四米的绿草地带，有一条水量充沛的小溪缓缓地流过。有一位送牛奶的青年，每天早晨骑着自行车沿着小溪的羊肠小道路过时，总是向我这个异乡人打招呼道"您早"。而此时，总会出现一位来取药的年轻女子。她身穿简便的夏装，趿拉着木屐，给人一种爱清净的感觉。她经常和医生在诊室里相互说笑，偶尔医生会把她送到大门口，然后大声地鼓励道："太太，您要再忍耐一段时间啊！"

医生的夫人在某个时候给我讲了其中的原委。据说她的丈夫是一位小学教师，三年前这位小学教师患了肺病，近来已经好多了。医生相当认真，一再告诫这位年轻的太太：现在正是关键时期，严禁做那事。年轻的太太遵守了医生的吩咐。尽管如此，她还是经常可怜巴巴地来询问些情况。每次医生都会横下心来语重心长地鼓励道："太太，您要再忍耐一段时间啊！"

八月底的一天，我看到了很美的一幕。清晨，正当我坐在医生家走廊上看报纸的时候，侧身坐在我旁边的医生夫人轻声低语道："哟，看她可真高兴啊！"

我抬头瞅了一下，只见一个身着简便夏装的清丽身姿健步如飞地走过眼前的小道，手中的白色阳伞不停地转动着。

"是今天早晨得到允许了呢！"医生的夫人又低声叽咕道。

三年！说起来简单，可是——我深受感动！随着光阴的流逝，我愈加感到那位女性身姿的美丽。也许那正是医生夫人的授意吧。

故乡

去年夏天,我看到了阔别十年的故乡。我把当时的事汇集在今年秋季写的四十一页的短篇小说里,附题名为《归去来》,并交给了某一季刊的编辑部。事情发生在这以后。《归去来》中提到的北先生和中畑先生两人一起到访了位于三鹰市[1]的敝舍。就这样,我从他们的口中得知在故乡的母亲病危的消息。以前,我在心中曾预想过母亲病危这样的消息肯定会在五六年之内听到的,可是没想到会来得这么快。去年夏天,北先生带我回到了阔别近十年的故乡——我出生的家。当时,我的大哥不在家,我只见到了二哥英治、嫂子、侄子、侄女,还有祖母和母亲。那时,母亲六十九岁,已经非常衰老了,看上去连走路的脚步都有些颤颤巍巍的了。但是,她决非一个病人。之前,我一直在做着贪婪的梦,认为母亲一定会再活五六年吧,不,应该是十年吧。我本打算把当时的事尽量正确地写入《归去来》这本小说里,可是,当时由于各种各样的原因,只在故乡的家中待了区区三四个小时。我在那部小说的末尾处也写到:我想再看看故乡,再看看!什么都想看,因为想看的东西有很多,很多。然而,我

---

1 三鹰,位于东京都西部的城市。

才仅仅窥视了一眼故乡。不知什么时候才能再次看到故乡的山山水水。或许要等到母亲有个三长两短的时候,我才能再次好好地看看故乡吧。这也是一个痛苦的话题。我应该是写下了这等含义的事情了。可是,我没有料想到,在送去这一稿件之后,这一"再次看看故乡的机会"就要到来了。

"这一次,我也有一份责任,"北先生紧张地说,"请您把夫人和孩子带去吧!"

去年夏天,北先生是带我一个人回故乡的。这一回,他不仅要带我,还要把我的妻子、园子(一岁零四个月的女儿)都带上一起回去。关于北先生和中畑先生的情况,已经在那部《归去来》小说里详细地写进去了。北先生是经营东京一家洋服店的,中畑先生是经营故乡一家和服店的。两人都是很久以来就和我父母来往密切的朋友。即便在我三番五次,不,应该是做了很多数不清的坏事,父母和我断绝了来往之后,这两位仍可以说一直以他们纯粹的好意,长期地、毫不嫌弃地照顾着我。去年夏天,也是北先生和中畑先生商量之后,都做好了被我家大哥责骂的心理准备,为我出谋划策,带我回到了阔别十年的家乡。

"不过,这样回去没问题吗?要是带着老婆、孩子回去吃了闭门羹,那可就惨不忍睹了哇!"我总是预想一些最坏的事情。

"不会出现那种事的。"他们俩都很认真地否定了我的推测。

"去年夏天,怎么样啊?"我的性格中,好像存在一种谨小慎微、极其小心翼翼的慎重,"那之后,你们都没有被文治(长兄的名字)说什么吗?北先生,你怎么样啊?"

"这个嘛,从你长兄的角度来说,"北先生好像深思熟虑似的说,"他也要考虑到你亲戚们的体面,不敢说'你还有脸回这个家'。不过,由我带你们回去的话,我想没有问题。有关去年夏天的事,后来我在东京遇见了你大哥,他只是对我说了一句'你可真够坏的啊!'仅此而已。他一点儿都没有生气。"

"是嘛。中畑先生这边,你怎么样啊?我大哥没有讲你什么吗?"

"没有,"中畑先生抬起头说,"您的长兄对我什么都没有说,连一句话都没有。要是以前我照顾你一点儿什么,事后他一定会说几句讽刺我的话。可是,唯独去年夏天的事,您大哥什么也没有说我。"

"是这样啊。"我稍微放心了。我说,"如果不会给你们二位添麻烦的话,我想请你们带我们回去。我不可能不想见母亲的。而且,去年夏天,我也没能见上大哥文治一面。这一次,我很想见一见他。你们带我们一起去,我是非常感激的。不过,我老婆那边怎么办呢?这回还是第一次见夫君家的亲人们,做妻子的是穿和服还是什么的,这也真够麻烦的啊。也许她会觉得麻烦一点儿了。这个,就请北先生你给我老婆说一说吧。要是由我说的话,她一定会嘟嘟囔囔的。"说着,我把妻子叫进了房间。

然而,结果出人意料。当北先生把母亲病危的事告诉了妻子,并说母亲想见园子一面什么的时候,妻子轻轻地将双手拄在榻榻米上,说道:"那就拜托您了。"

北先生转过身来,冲着我问道:"什么时候动身呢?"

定下了二十七日。那天是十月二十日。

接下来的这一周,妻子着手准备行李。妻子的妹妹从娘家赶来帮忙。无论如何必须新买的东西确实有很多。我几乎都要破产了。只有园子什么也不知道,在家里摇摇晃晃地到处走动。

二十七日晚上七点，我们搭乘了上野[1]车站发出的快车。车厢里载满了乘客。我们到原町[2]一直站了五个小时左右。

"母亲病情已恶化。等太宰速归。中畑。"

北先生给我看了一下这封电报。这是先行一步回到故乡的中畑先生，于今天早晨发给北先生的。

翌日早晨八点，我们到达了青森[3]，接着立刻换乘奥羽干线[4]，在一个叫川部的车站又换乘开往五所川原[5]的火车。从这一带开始，列车的两侧都是苹果园。今年的苹果好像又是一个丰收年。"啊，真漂亮！"妻子睁大一双因睡眠不足而充满血丝的眼睛说道，"我很想看一看苹果成熟的时候。"

就在眼前，甚至伸手可得的地方，苹果红彤彤地泛着光芒。

十一点左右，我们到达了五所川原车站。中畑先生的女儿来车站迎接我们了。中畑先生的家就在这五所川原町。我

---

1 上野，位于东京都台东区。
2 原町，位于福岛县东北部，面向太平洋的一个城市。
3 青森，位于日本东北地区青森县中部、濒临青森湾的城市。
4 奥羽干线，福岛、青森（途经米泽、山形、秋田、弘前）之间的铁路线。全长487.4千米，纵贯日本东北地区。
5 五所川原，位于青森县中西部、津轻平原中部的城市。

们在中畑先生的家休息了片刻，妻子和园子换好了衣服。我们接下来计划去拜访位于金木町的父母家。金木町就在从五所川原再乘坐津轻[1]铁路北上四十分钟的地方。

我们一边在中畑先生家吃午饭，一边详细地得知了母亲的病情，好像几乎是病危的状态了。

"谢谢你们来了。"中畑先生反而向我们致谢，并继续说，"我心里直着急，不知道你们什么时候会来，不知道你们什么时候到啊。不管怎样，这下，我也总算放心了。你母亲虽然一直沉默不语，但是，好像一直很期待着见到你们哪。"

我的脑海里一下子浮现出《圣经》里的"浪子回家"的场面。

吃完中午饭准备出发时，北先生带着一点儿强烈的口吻对我说："还是不要把大旅行箱带去为好。啊，你说是不是？你还并没有得到你大哥的原谅，却拎着大旅行箱什么的——"

"我明白了。"

我决定把行李全部寄放在中畑先生家里再去。因为北先

---

1 津轻，是对青森县西半部的一种称呼。

生警告过我：能否让我见病人，这一点还不知道呢。

我们只带了放园子尿布的袋子，乘上了开往金木的火车。中畑先生也随我们一同前往。

我的心情每时每刻都很郁闷。因为大家都是好人，没有谁是坏人。我一个人在过去做了不体面的事情，至今都不是一个十分聪明的人，仍是那个有很高的坏名声、终日贫困的小说家。因为这一事实，一切才变得如此不融洽。

"这是个景色很美的地方啊！"妻子眺望着窗外的津轻平原说道，"真想不到，这是一片令人感到明快的土地啊。"

"是吗。"稻子已经被彻底收割完了，满目的稻田笼罩着一片浓浓的冬意。"我没怎么看出来呀。"

当时的我，连想夸赞故乡的心情都没有。我只是感到非常难受。去年夏天，还不是这样的。那时的心情很激动，曾眺望着阔别十年的家乡景物……

"远处那是岩木山[1]。据说因为它很像富士山，所以又叫'津轻富士'。"我一边苦笑着，一边做着说明。我丝毫没有激情。"这边低矮的山脉叫作凡寿山脉，那个是马秃

---

1 岩木山，是位于青森县津轻平原西南部的一个圆锥形火山，海拔1625米，是当地百姓世代信奉的神山，有"津轻富士"之称。

山。"其实,我的说明是有一搭无一搭,很不靠谱的。

我对妻子说这里就是我出生的地方,再过四五个胡同的话,等等。我略加得意地讲给妻子听的梅川忠兵卫[1]的新口村[2]是一个非常动人的演剧,而我的情况却不是这样的。过去忠兵卫乱发脾气,怒气冲冲。在稻田对面,我隐约看到了红色的屋顶。

刚要告诉妻子说那就是"我的家"时,因为很拘谨,就说成了"我大哥的家"。

然而,那却是寺院的屋顶。我父母家的房顶在它的右边。

"不,不对。是右边的稍微大一点儿的那个屋顶。"我乱说一气了。

我们到达了金木车站。小侄女和一位年轻而漂亮的姑娘来迎接我们了。

妻子小声地问我道:"那个姑娘是谁啊?"

"大概是女佣吧。你不必跟她寒暄。"去年夏天也发生

---

[1] 梅川忠兵卫,是近松门左卫门创作的净琉璃《冥途飞脚》等剧目中的两个男女主人公。

[2] 新口村,《冥途飞脚》及其改编剧目《恋爱飞脚大和往来》等的最后一段。忠兵卫动用公款,成了下落不明的人,为了看老父一眼,和心爱的梅川一起来到了故乡新口村。

过这样的事，我把一个和这位姑娘同龄、打扮很文雅的女佣推测为大哥的大女儿，就向她很有礼貌地鞠躬行礼了，后来感到很不好意思。所以，这次我特别留意地这么告诉了妻子。

所谓的小侄女是大哥的二女儿，去年夏天见到她，才知道的。今年有八岁了。

"阿兹！"当我喊时，阿兹毫不拘谨地笑了笑。我感到轻松了一些。大概只有这孩子不知道我的过去吧。

我们进了家门。中畑先生和北先生立刻上二楼，去了大哥的房间。我和妻子一起去了安置佛坛的房间，拜了拜佛像，然后退到了一间只有自家人聚集的、叫常居的房间里，在一个角落坐了下来。大嫂和二嫂都对我们笑脸相迎。祖母也由女佣搀扶着来了。祖母今年八十六岁。她虽然耳朵已经很背了，但精神很好。妻子煞费苦心地想让园子也向大家鞠躬行礼，可是园子根本就不肯，蹒跚地在房间里到处走动，让大家感到很担心。

大哥出来了。他迅速地路过了这个房间，径直去了隔壁的屋子。他脸色也不好，瘦得令人吃惊，表情很严厉。隔壁的房间也来了一位探视母亲的客人。大哥同那位客人说了一会儿话，不久那位客人就回去了。之后，大哥来到了常居，在我还什么也没有说之前，先点头道："啊！"

他双手拄着榻榻米，简单地行了个礼。

"让您多方面担心了。"我拘束地行礼道。接着，我告诉妻子，"他就是文治大哥。"

大哥在我妻子还没开始行礼时，就先向我的妻子行礼了。我紧张地捏了一把汗。一行完礼，大哥就赶紧去了二楼。

我感到奇怪。"唉？"我往坏处想，"出什么事了吧。"这位大哥一直以来，只要心情不好，就会这样格外地冷淡，恭恭敬敬地行礼。此外北先生和中畑先生都还没有从二楼下来。难道北先生出什么差错了吗？一想到这，我突然心中没了底，感到害怕，心开始怦怦直跳。嫂子微笑着出来催促我们道："来啊！"

我松了一口气，站了起来。能见母亲了。心里面再也没有什么不舒畅的事情了，因为我被许可和母亲见面了。怎么搞的嘛，有点过于担心了。

我们一边穿过走廊，一边听嫂子对我们说："母亲从两三天以前就开始盼望着你们，真的在期待着你们。"

母亲躺在一间离开主房、有十张榻榻米大小的旁厅里。她躺在一张大床上，就像枯草一样瘦弱。不过，她意识还很清楚。

当妻子刚见过面寒暄时,母亲努力抬起头来,点头示意道"难为你来了"。当我抱着园子,把园子的小手按在了母亲那消瘦的手掌上时,母亲颤抖着手指,用力握住了它。在枕边来自五所川原的叔母含着微笑擦拭着眼泪。

病房里除了叔母以外,还有两名护士、我的大姐、二嫂、亲戚老祖母等很多人。我们去了隔壁六张榻榻米大小的休息室,和大家互相寒暄了一下。大家都说:修治(我的本名)一点儿都没有变,只是稍微胖了一点儿,反倒变得年轻了。园子也一点儿都不认生,对任何人都投以欢笑,甚至让人担心起来。大家都集中在火盆的周围,悄悄地开始小声说话,紧张感也就随之一点点释放了。

"这次不用着急回去了吧?"

"呀,怎么说呢。说不定会像去年那样,还是待上两三个小时就要告辞呢。据北先生说,这样好。因为我什么都要按照北先生说的那样去做啊。"

"可是,母亲身体这么不好,你能不管不问就回去吗?"

"反正,这要和北先生商量一下——"

"你该不会什么都那么受北先生的拘束吧。"

"那倒也不是。因为北先生一直以来都非常照顾我。"

"哟,那倒是啊。不过,北先生也决不会——"

"不,所以,我要跟北先生商量一下。听从北先生的吩咐,是不会错的。北先生好像还在二楼跟大哥说话呢。会不会出了什么麻烦的事情?我们一家三口,没有得到准许,就恬不知耻地搭上火车来了——"

"你不必那么担心嘛。听说英治(二哥的名字)不是给你发去了快信,叫你速回的吗?"

"那是什么时候?我们没有看到啊。"

"哎呀。我们差点以为你看见了那封快信,才来的呢——"

"那可糟糕了。是走两岔了吧。那可不妙。感觉像是北先生格外爱管闲事似的。"我不由得感到彻底明白了,觉得真不走运。

"不是糟糕的事吧。还是早日快速赶到家的好啊。"

然而,我彻底垂头丧气起来。也真对不起北先生,他放弃了生意不做,特意把我们带来了。明明正好在一个好时期,告诉给你了,可是呀。我明白了哥哥他们这一懊悔心情,认为这实在是一件不合适的事。

先前来车站接我们的那位年轻姑娘进了房间,笑着向我鞠躬行礼。我又犯错了。这次是因为我太过于谨慎了才出错。她根本就不是女佣,是大姐的孩子。这孩子七八岁的时候,我都见过的。可是,当时她是一个肤色黑黑、身材矮小的孩子。现在一看,她不仅身材苗条,而且很有气质,简直判若两人。

"是阿光啊。"叔母也一边笑着,一边说,"她已经是一个很标致的姑娘了吧。"

"是一个漂亮的姑娘了,"我认真地回答道,"肤色变白了。"

大家都笑了,我的心情也稍微放松了。这时,我忽然看到隔壁房间的母亲无力地张开了嘴,剧烈地喘了几下气,接着像赶蚊子似的轻轻地让一只瘦弱的手在空中划过。我感觉奇怪,站起身来到了母亲的床边。其他人也都是一副担心的神情。他们悄悄地聚集到了母亲的枕边。

"她好像时常会感到难受。"护士小声地这样说明了一下,把手伸到被子里面,拼命地摩挲母亲的身体。我蹲在枕边,询问道:"你哪儿不舒服?"母亲微微地摇了摇头。

"你要坚持!一定要看到园子长大啊。"我忍着羞怯这样说道。

突然，亲戚老祖母拉着我的手和母亲的手握在了一起。我不仅仅是一只手，而是用两只手包住母亲那冰冷的手，给她捂暖。亲戚老祖母把脸放在了母亲的被子上哭了。叔母和阿崇（二嫂的名字）都哭起来。我憋着嘴忍着。我这样忍了一会儿，实在忍受不下去了，就悄悄地从母亲的旁边离开，来到了走廊。我沿着走廊走，去了一个西式房间。这西式房间很冷，空荡荡的。雪白的墙壁上挂着一幅罂粟花的油画和一幅裸体女人的油画。壁炉台上孤零零地放着一个很差的木雕。沙发上铺着豹子皮。椅子、桌子和地毯都依然如故。我在西式房间里转来转去地走，告诫自己：现在绝不能流眼泪，现在决不能把眼泪流下来呀。我努力使自己不把眼泪流下来，不要流下眼泪。偷偷地跑到了西式房间，一个人哭泣，值得称赞！这是一个体贴爱护母亲、心肠很好的儿子啊。这是装模作样！这不是十足的故作姿态吗？竟然还有这么廉价的电影！都三十四岁了，什么心肠很好的修治啊？你不要任性、撒娇演戏了。你收起这一套吧。你哭是假的，眼泪是骗人的。我在心里边这样说，边把手揣在怀里，在房间里来回走，几乎快要呜咽起来。我实在受不了了。我一会儿吸烟，一会儿擤鼻子，千方百计地坚持，终于没有让一滴眼泪从眼眶中掉落下来。

　　天色已经黑了。我没有回到母亲的病房，默默地躺在了西式房间的沙发上。这个远离主房的西式房间好像一直都没有人使用，即使把开关拧开了，电灯也不亮。我一个人待在这寒冷而漆黑的房间里。北先生和中畑先生都没有到我这里来。他们在干什么呢？妻子和园子好像还在母亲的病房里。今晚从现在起，我们该如何是好呢？根据一开始的预定，按照北先生提出的意见，探视完母亲就立刻返回金木，当晚就去五所川原的叔母家住一晚上。可是，母亲的病情这么不好，按照预定那样马上返回是不是反而会招致不愉快呢？不管怎样，我想见北先生。北先生究竟在哪里呢？和大哥的谈话，是不是越发麻烦，发生龃龉了？我感到自己无处可待。

　　妻子来到了黑暗的西式房间，说："你呀！会感冒的啊。"

　　"园子呢？"

　　"她已经睡了。"据说让她睡在了病房旁的休息室。

　　"不要紧吗？该不会受凉吧？"

"嗯。叔母拿来了毛毯,借给她用了。"

"怎么样?大家都是好人吧。"

"是啊。"可是,妻子还是感到不安,说:"从现在起,我们该怎么办呢?"

"我不知道。"

"今晚,我们睡在哪里呢?"

"这种事,问我也没有用啊。一切都必须听从北先生的吩咐。十年来,都这样已经成习惯了。如果无视北先生,而直接跟大哥说话的话,会陷入混乱的。是会出现这种事的呀。我不清楚啊。我现在没有任何权利。因为我甚至连一个大旅行箱都不能带来啊。"

"我好像总有点恨北先生呢。"

"胡说!北先生的好意,我们是切身体会到的啊。不过,有北先生在里面,我和大哥的关系好像也变得格外复杂起来了。我们必须始终给北先生面子。而且没有哪个人是坏人——"

"的确是啊。"妻子好像也稍稍明白了过来。她说,"我想,虽说北先生煞费苦心地带我们来,而我们拒绝他也不好,连我和园子都陪着来了,要是给北先生增添了麻烦的话，我也感到很为难啊。"

"你说的也是啊。他可不是稀里糊涂就照顾人的啊。有我这个难对付的人在，不好办啊。这次北先生也真够可怜的。要说他特意来到这么远的地方，既没有得到我们的，也没有得到哥哥他们的感激，真够倒霉的。最起码我们必须开动脑筋，要设法给北先生面子吧。可是，偏巧，我们没那个能力啊。如果我们冒冒失失地多嘴多舌的话，会乱套的。先这样过一阵子，不知如何是好啊。你去病房，给母亲按摩一下腿什么的吧。你就认为妈妈的病仅仅是那样好了。"

然而，妻子并没想马上就离开。她一直低着头站在黑暗中。要是被人看到在这么黑暗的地方有两个人的话，我觉得很不合适。所以，我从沙发上站起身来，向走廊走去。我感到寒气逼人。这里是本州的北端。隔着走廊的玻璃门眺望天空，却连一个星星也没有。只是一片黑乎乎的。我特别不想工作。不知是什么原因。好，干吧！我一味地就是这种心情。

嫂子来找我们了。

"哎哟！你们在这么个地方！"她扯开吃惊的大嗓门，

说道,"吃饭啦。请美知子也一起用餐。"嫂子好像已经对我们不抱任何警戒心了。我不由得感觉这非常有希望了。我想如果什么事都跟这个人商量的话,该不会有差错吧。

嫂子带我们来到了正房佛堂室。背对着壁龛依次而坐的是家住五所川原的老师(叔母的养子)、北先生、中畑先生,与他们面对面而坐的是大哥、二哥、我、美知子,这里只设置了七个人的座位。

"快信走岔了。"我一看到二哥,就不禁说了这句话。二哥点了点头。

北先生无精打采,一副愁眉不展的神情。在酒席上,他总是一个热闹非凡的人。正因为如此,他当晚那种愁眉苦脸的神情更加醒目。我坚信:果然还是发生什么事了吧。

尽管如此,家住五所川原的老师有一点儿喝醉了,兴高采烈地说笑着。因此,客厅就比较热闹了。我伸出手,给大哥和二哥都斟上了酒,心想,我是得到哥哥们的宽恕了,还是没有呢?那些事也许已经不会再想着了吧?我不可能获得终生宽恕的。而且,请求他们宽恕,把这种只顾自己、过于天真的想法抛掉吧。归根到底,我爱哥哥他们呢,还是不爱哥哥他们呢?问题在这里。所爱的人,幸哉！我爱哥哥他们就行。将恋恋不舍、贪心不足的想法抛掉吧。我一边自斟自饮喝了很多酒，一边继续进行这么无聊的自问自答。

北先生当晚住在了位于五所川原的叔母家。位于金木的家因为有病人，一片杂乱。或许是客气的缘故吧，姑且让北先生去五所川原住下。我送北先生到了车站。

"谢谢你。一切多亏了你。"我衷心说着这番话。现在和北先生分别感到心中很没有底。以后再也没有人给我嘱咐了。我说："我们今晚就这样住在金木不行吗？"我想询问点什么。

"那不行吧。"也许是我的心理作用吧，我感觉他的口吻有点见外，"不管怎么说，你妈妈的病情那么不好。"

"那我们请求在金木家留住个两三天——这样是不是厚脸皮啊？"

"这要根据你妈妈的病情定了。总之，明天我们打电话商量吧。"

"你呢？"

"我明天就回东京。"

"你真够辛苦的啊。去年夏天你也是很快就回去了。

你说今年要带我们去青森附近的温泉的。我们就做好准备来了。可是……"

"不，你妈妈身体那么不好，哪里还谈得上去温泉啊。其实，我没有想到她的病情这么每况愈下。很意外啊。您给我支付的火车票钱以后算好了我会返还您的。"突然，他说出了火车票费用的事情来，我感到茫然不知所措。

"别开玩笑了。你回去的票必须由我购买。请你不要操心了。"

"不，还是算清楚吧。你们寄存在中畑先生那里的行李，我决定明天立刻委托中畑先生也给您送到金木的府上。到此，我应该做的事就没有了。"他大步行走在漆黑的道路上，说道，"车站就在这边了吧。您不用再送了。真的，请不用再送了。"

"北先生！"我紧追不放地加快了两三步，问道，"我大哥说你什么了吗？"

"没有。"北先生放慢了脚步，以一种心平气和的口吻说道，"您还是不要那么担心为好。我今晚心情很好。当我看到三个出色的孩子文治、英治和你并排坐在一起时，高兴得眼泪都要流下来了。我已经什么都不再需要了。我很满足了。我从一开始就没有期望拿一分报酬。这，您也是知道的吧？我只是想看到你们弟兄三人并排坐在一起，感到痛快，感到满足。修治你呀，今后就好好干吧。我们老年人马上就到了可以退居的时候了。"

送别北先生之后，我返回了家。从今往后，我不能再依靠北先生了，我必须直接和哥哥他们商量事情。这么一想，与其说感到高兴，倒不如说感到恐怖。我肯定还会做出一些错误的、没礼貌的事情，是不是会让哥哥他们生气啊？这种自卑、不安占据了我。

家里来探视的客人很多。我为了不让探视的客人们看见，悄悄地从厨房进来，走过离开主房的病房，忽然我看到二哥一个人坐在常居隔壁的小茶室里面，我感觉像被一个可怕的东西强拉硬拽似的，很快就来到他旁边坐下了。我内心战战兢兢地问道："母亲无论如何都不行了吗？"

提问太唐突了，连我自己都觉得不妥。英治脸上露出了苦笑，稍加环视了周围之后说道："嗯。这次必须考虑到她的病不好治了。"

正在这时，大哥突然进来了。他有点茫然不知所措，到处走动，一会儿打开壁橱，一会儿又关上壁橱，然后"扑通"一声盘腿坐在了二哥的旁边。

"困难啊。这次真难办了。"他这么说着,便埋下了头,把眼镜推在了额头上,用一只手捂住了双眼。

我忽然发觉,大姐不知什么时候悄然地坐在了我的背后。

女生徒

早晨,睁开双眼时心情很奇特。这感觉就像捉迷藏时一动不动地躲在黑漆漆的壁橱里,突然,"呼啦"一声隔扇被拉开,太阳的光线倏地向你射来,并听到有人大声对你说:"看到你了!"先感到一阵晃眼,接着感到相当难为情,然后感到心怦怦地直跳,合起和服的前襟,有些不好意思地从壁橱中走出来,接下来会突然感到火冒三丈、大为不快,就是这感觉。不,不对,也不是这种感觉。总觉得是一种让人受不了的感觉。又像是打开了一个盒子,发现里面还有一个小盒子。把那个小盒子打开来,里面又有一个小盒子。再打开它,接连还有一个小盒子。之后,再打开小盒子,结果还有更小的盒子。这样打开了七八个盒子,终于最后出现了一个如同骰子般大小的盒子,再轻轻地将它打开来一看,结果什么都没有。里面空空如也。有点接近这种感觉。说是吧嗒就醒来,那是骗人。我的双眼一开始浑浊不清,其间就像淀粉不断渐次下沉,然后上面再一点点澄清,最后才疲惫地醒来。早晨,我总觉得有些扫兴。很多令人悲伤的事情不断涌上心头,真让人受不了。讨厌,真讨厌!早晨的我最见不得人了。也许是晚上没有熟睡的缘故吧,我的两条腿累得筋疲力尽,然后我什么也不想做。说什么清晨身体有精神,那是胡扯。早晨是灰色的,天天如此!早晨是一天中最虚无的。早晨我躺在床上总是感到很悲观。我讨厌早晨。清晨醒来,尽是一些让我感到非常厌恶、懊悔的事。它们一下子都聚集在一起,堵得我胸口难受,痛苦不堪。

早晨,太捉弄人了。

我小声地叫了声"爸爸",感到很害臊,又很高兴。我起来后,飞速地叠好被褥。当把被褥抱起来时,我"嗨哟"吆喝了一声。我突然意识到:以前我从没有想过自己是一个会发出"嗨哟"这类庸俗词语的女子。"嗨哟"这类词听起来让人觉得像是老太婆的吆喝声,令人作呕!为什么我会发出这种吆喝声?就好像有一个老太婆居住在我身体内某个地方一般,令人感到不爽。以后,我可要当心啊。这就好像当你看到别人走路的步态非常低俗而大皱眉头时,突然意识到自己也是那种步态,这太叫人沮丧了。

早晨,我总是没有自信。我身着睡衣,坐在梳妆台前,不戴眼镜瞧了一下镜子,看到自己的脸有点模糊和安详。虽然我最讨厌自己脸上带着眼镜,但是这眼镜也有不为他人所知的优点。我很喜欢摘下眼镜向远处张望。远处的一切变得朦朦胧胧，犹如梦幻，就像万花筒一样，十分美妙。什么污秽的东西一概都看不到。只有硕大的东西，只有鲜明而强烈的色彩、光线映入眼帘。我也喜欢摘掉眼镜看人。对方的脸看上去都很柔和、漂亮、笑盈盈的。而且，当把眼镜取下来时，我不但决不想和别人发生争吵，还不想出言不逊，只会默然地发呆。于是，这时的我也许会感到别人都好像待人忠厚老实吧。这就更好了，我呆呆地感到放心了，人变得想要撒娇了，性情也变得非常和善了。

然而，我依然不喜欢眼镜。一戴上了眼镜，脸部的感觉就没有了。由面部而生的各种情绪，如浪漫、美丽、冲动、脆弱、天真、哀愁，这一切都被眼镜遮住了。甚至连挤眉弄眼的交流都无法正常地表现出来。

眼镜就是一个妖怪。

也许是因为自己总是很讨厌自己的眼镜吧，我总认为眼睛漂亮是最好的。即使没有鼻子，即便把嘴巴遮盖住，只要一看到那双眼睛，看到那双会让自己美美地活下去的眼睛，就会感到很好。我的眼睛只是很大，并没有什么特别的。当我紧盯着自己的眼睛观看的时候，就会感到失望。就连母亲都说我的眼睛没有神采。也许她是在说我的这种眼睛没有光芒吧。一想到自己的眼睛像个煤球,就会感到心灰意懒。正因为这样,我感到很受打击呢。每次照镜子时,我都深切地期望自己的双眼能变得润泽而明亮,就像蔚蓝的湖水一般,就像躺在青绿色的大草原上仰望天空一样。这双眼睛会时不时地映入流动的云彩,甚至连鸟儿的影子都能清晰地映入。我很想和拥有一双漂亮眼睛的人多多相遇。

从今天早晨开始就是五月份了。一想到这,我总有点喜不自禁。我还是感到很高兴。夏天就要来临了。走到庭院,满眼都是草莓花儿。父亲去世的事实难以想象。他死了,不在世了,这叫人难以理解,有些搞不懂。我很想念姐姐,怀念离去的人,想念那些长久没有相见的人。到了早晨,这些过去的事情,前人们的事情,简直就像臭烘烘的腌菜萝卜一样出现在你的身边,令人不快地想起,实在受不了。

嘉皮和咔阿(因为这狗可怜兮兮的,所以就唤它为"咔阿")两只狗结伴跑了过来。我把这两条狗并排放在自己跟前,只是非常疼爱嘉皮。嘉皮一身雪白的软毛,又光亮又好看。咔阿却脏兮兮的。每当我逗弄嘉皮时,我都能清楚地知道咔阿在一旁表现出一副哭泣的表情。我也知道咔阿肢体残疾。咔阿悲伤的神情,我很讨厌。正因为它相当可怜,我才故意地不对它示好。咔阿好像是一条流浪狗，不知道什么时候会被人宰杀了。咔阿的腿已经是这样了，就算要逃命，恐怕也跑不快吧。咔阿，你快跑到山里去吧！因为你不招人喜爱，早点儿死掉好了。我不仅仅对咔阿会做不好的事，对人也会做坏事。我就是这样一个孩子，刁难人，攻击人，令人生厌。我坐在走廊上，一边抚摸着嘉皮的脑袋，一边观看刺眼的绿叶时，感到自己太不仁慈了，产生了一种想坐在泥地里的情愫。

我想哭一哭。我使劲憋住气，让自己的眼睛充血。我想也许这样会流出一点儿眼泪，于是就尝试了一下。可是，我失败了。我也许早已是一个没有眼泪的女子了。

我断了这个念头，开始打扫起房间。我边打扫卫生，边突然哼起了《唐人阿吉》[1]的小调。我感觉自己环顾了一下周围。我觉得自己平时非常热衷于莫扎特、巴赫，现在却无意识地哼唱起《唐人阿吉》，真有趣。如果抱起被褥就"嗨哟"地吆喝着，边打扫卫生边哼唱《唐人阿吉》的话，那么连我自己都觉得完蛋了吧。要是这样下去，说不定会在梦话

---

[1] 唐人阿吉（1841—1890）是日本伊豆下田地区一个造船木匠的女儿，据说在下田奉行的命令下嫁给了美国驻日领事哈里斯作妾，后投海自杀。

里说出怎样下流的事，我感到忐忑不安！不过，我总觉得滑稽可笑，便放下手中的扫帚停下来，独自笑了起来。

我把昨天缝制好的新内衣穿上了身。衣服的胸口处绣了一朵洁白的小蔷薇花。穿上这件上衣，就看不到这个刺绣了。没人知道这一点，我很得意。

不知道母亲帮什么人说媒，一大早她就手忙脚乱地出门了。自打我小时候起，我的母亲就是这么一个人：为别人尽心尽力。尽管我已经习以为常了，但还是对整天忙得不歇的母亲感到很吃惊。我很佩服她。我父亲过去平时太专注读书学习了，因此母亲就把父亲该做的事都做了。父亲和社交毫无缘分，而母亲却结交了很多心地很好的人。尽管他们俩个性完全不同，彼此却一直相互尊重。他们也许就是一对可称得上没有恶行、善良而平和的夫妇吧。啊，这令我骄傲，令我自豪！

在酱汤温热之前，我一直都坐在厨房的门前，呆呆地看着眼前的杂树林。于是，我感到自己以前，就在刚才也是这样，坐在厨房的门口前面，以相同的姿势，一边想着完全一样的事情，一边看着眼前的杂树丛。看着看着，仿佛在一瞬间感受到了过去、现在和将来，感到心情不同寻常。这种事，时有发生。我和什么人坐在房间里一直说着话，视线移到桌角，然后一下子停下来一动也不动，只有嘴巴在翕动。

在这种情况下，就会产生一种奇怪的错觉：感觉坚信自己以前不知在何时，在同样的状态下，一边说着同样的事情，一边还是看着桌角，而且就在刚才，发生的事又全部原封不动地向自己袭来。无论行走在多么远的乡间小道上，我都认为这是一条以前一定走过的路。走着走着，我会"唰"地薅掉路旁的豆叶。即使如此，我也仍然觉得在这条道的这个地方曾经薅掉过这片叶子。另外，我还相信：以后不管自己步行在这条道上多少次，我都会在这个地方把豆叶薅下来。而且，会发生这种事的。有一次，我正在泡澡，忽然间看了一下手。于是，我就在想，以后不论过去几年，泡澡时我一定会想起自己一边看着现在若无其事地看到的这只手，一边心中感怀。这么一想，心情不由得阴郁起来。

某一天傍晚，当我把米饭盛入饭桶里时，如果说出现了灵感有些夸张，但是感觉自己的体内有什么东西在呼呼地跑来跑去。该怎么称呼它呢？我想称它为哲学的后腿吧。在它们的驱使下，我的头部、胸部各个地方都变得透明起来，就好像什么在体内已稳定住的凉粉，以一种被慢慢挤出时的柔性，默默地无声息地，就这样在体内随血液流动，壮观而轻松地穿过全身似的。这时，还谈不上什么哲学！我有一种预感——体内就像有一只贼猫一样，悄无声息地活着。这预感并非什么好事，倒是令人恐怖。要是这种感觉状态持续下去的话，说不定这个人就成了神灵附体了。我觉得是基督！然而，我可不喜欢成为女基督徒。

结果是因为我空闲，是因为我没有经历生活上的艰苦，所以我每天不会排解自己所见所闻的成百上千个内心感受。因此，在我发呆的时候，这些过往感受都变成了一幅幅妖怪的模样，接连不断地浮现出来呢。

我独自一人在饭厅里吃饭。今年第一次吃黄瓜。根据黄瓜的青绿色便可知夏天即将来临。五月的黄瓜，其青涩味有一种令人感到心里空荡、难过、刺激般的悲伤。每当我独自在饭厅里吃饭的时候，我都非常非常想出去旅行。我很想乘坐火车。看报纸，报上刊登着一张近卫[1]先生的照片。近卫先生也许是一个好男人吧。但我不喜欢他的那张脸。他的额头很不好

---

1 在此指近卫文麿（1891—1945）。他生于东京，毕业于京都大学，贵族院议长。1937年曾三次组阁，其间创立了大政翼赞会，发动了全面侵华战争。战败以后，因接到传讯战犯的命令而服毒自杀。

看。我很喜欢看报纸上刊登的图书广告词。也许是因为每一字每一行都要花上一两百日元的广告费吧，大家都拼命地揣摩。为了让每一个字每一句话获得最大效果，大家不断地苦思冥想，绞尽脑汁地写出名句。像这样花大钱的文句，恐怕世上少有吧。读起来，我总感到心情舒畅，痛快!

我吃好饭，锁上门，便去上学。虽然认为这天不错，不会下雨，但是我很想带着昨天母亲给我的那把漂亮的雨伞出门，于是就随身带上了它。这把雨伞是母亲以前做姑娘的时候使用过的。我发现了这把新奇的雨伞，感到有点得意。我很想拿着这样的雨伞，走在巴黎的平民街区。目前这个战争会结束的。到时，这把梦幻般的旧式雨伞一定会流行起来的吧。无沿边式的女帽与这把雨伞一定很般配。穿着粉红色的长摆衣服，领子开得很大，手上戴着黑绢蕾丝编织的长手套，在宽大帽檐的帽子上，别上一枚漂亮的紫堇花。就这样，在树木深绿的时节前往巴黎的餐馆吃中饭。之后，忧郁地轻轻托着腮颊，看着外面走过的人流，这时有个人轻轻拍着我的肩头。突然，音乐响起，是玫瑰华尔兹!啊，太滑稽了，太可笑了!在现实中，只有这一把旧兮兮、古里古怪的长柄雨伞。自己觉得又悲惨又可怜，就像一个卖火柴的小女孩。唉！去拔草吧。

临走时，我拔了一点儿家门前的草，就算是帮了母亲一把。说不定今天会有什么好事呢。虽然都是草，可是为什么会有自己这么想拔去的草和自己想留下的草呢？可爱与不可爱的草，虽然形状并非迥异，可是为什么却要这样明确地区分出招人喜爱的草和令人讨厌的草呢？毫无道理嘛。我认为女性的好恶应该适度。帮忙拔了十分钟的草之后，我便急忙赶向停车场。穿过田间的小道时，我不停地想写生。途中，我路过了神社里的森林小路。这是我一个人事先发现的一条近道。走在森林小路上，我偶然向下一看，发现到处成群地生长着二寸高的麦苗。我看到这些青油油的麦苗就明白了：啊，今年又有军人们来过了。去年也来了很多军人和马匹，就驻扎在这神社的森林中休息。过一段时间，路过这里一看，麦子就像今天的一样生长得很快。然而，今天看到的这些麦子不会再生长了。今年又是从部队的马桶里洒落出来而颤巍巍地生长的这些麦子很可怜，会这么死掉的。因为这森林这么暗淡，根本照不到阳光。我穿过了神社里的森林小路，在车站附近和四五名工人碰在了一起。这些工人和以往一样冲我说出一些不堪入耳的污言秽语。我不知所措，一脸茫然。

我想超过这些工人,大步走到前面去。可是,要这么做,就必须从这些工人的缝隙中穿过去,挤过去。这好可怕啊。虽说如此,如果一直默默地站着不动,让他们先走,一直等到自己和他们保持一定的距离,也是相当需要胆量的。这样做会失礼的,也许工人们会因此而生气。我的身体开始发热,我几乎要哭了。我对自己这种要哭的模样感到很难为情,于是就向他们笑了笑,然后,慢吞吞地跟在他们的后面走着。当时,我也只能如此。自己感到的那种窝心,在乘上电车之后,并没有消失掉。真希望自己对这种无聊的事情不要介意,尽快变得坚强、变得心明如镜。

近电车入口的地方有一个空座位。我轻轻地把自己的用具放在那里,稍微整理了一下裙摆,正准备坐下去时,一位戴眼镜的男子安然地挪开了我的用具,坐在了座位上。

"唉,这是我找到的座位呀!"听我这么一说,那位男子苦笑了一下,接着就满不在乎地看起了报纸。仔细一想,也搞不清是谁厚脸皮。也许是我厚脸皮吧。

没有办法,我把雨伞和用具放在行李架上,拉住车上的吊环,像往常一样看起了杂志。在用一只手啪啦啪啦地翻着页时,我想起了很奇怪的事情。

如果由自己选取书的话,毫无这方面经验的我可能会哭丧脸吧。我很信赖书里所写的事情。如果阅读一本书,我就会一下子沉浸其中,信赖它,与之同化,产生共鸣,并尝试着把日常生活贴入其中。另外,当看到其他书籍时,我会忽然发生改变,装模作样。把人家的东西偷来好好地改造成自己的东西,这种狡猾的才能是我唯一的特技。这种狡猾、这种骗术,我真的很讨厌。每天都在不断地失败,尽丢人现眼,也许以后会稳重一点儿吧。不过,正是从这种失败中,设法捏造个歪理,然后巧妙地加以敷衍,编造出一个正儿八经的理论,这好像是苦肉戏里得意扬扬的做法(这种说法在某本书中看到过)。

我真搞不明白哪一个才是真正的自己。当没有书看了,怎么也找不到可效仿的样板时,我到底会怎么办呢?我也许会一筹莫展,蜷缩一团,一个劲儿地乱擤鼻子。不管怎样,在电车里每天都这么胡思乱想的话,可不行!身体还残留着一种令人讨厌的激情,受不了。虽然我意识到必须做点什么,必须设法做些事情,但是怎么做才能清晰地把握自己呢?以前的自我批判之类,实在毫无意义。自我批判一下,当发现自己那令人讨厌的弱点时，就会立即沉溺对其姑息，自我安慰，并得出结论说矫枉过正不好，等等。因此，批判也就成了一纸空文。什么都不想倒是不欺人。

在这本杂志里，也有很多人以"年轻女性的缺点"为主题投稿的。读着其中的文章，就觉得像是在说自己，甚至感到很难为情。而且，写文章的人各有特点。感觉平时傻乎乎的人写起文章来正如其人，有种很傻的感觉；从照片上看，感觉俏皮的人，使用的语言措辞也诙谐，因此读起来令人觉得可笑，有时我边偷偷地发笑，边往下阅读。宗教家会立刻提出信仰，教育家自始自终都在写恩德、恩情，政治家会谈及汉诗，作家则故弄文采使用华丽的辞藻，自鸣得意。

不过，文章写得全都是一些真实的东西：没有个性，没有深度，缺少合理的希望和正当的野心。总之，没有理想。即使有批判，也不会直接影响到自己生活的积极性。没有反省意识。没有真正的自觉、自爱和自重。即使有勇气采取行动，也恐怕担不起这一切行为结果的责任。虽然习惯于自己周围的生活方式，并巧妙地处理一切，但是并不对自己以及自己周围的生活抱有合理的、强烈的热情。没有真正意义上的谦逊。缺乏独创性。只会模仿。缺少人类本来"爱"的感觉。虽然装作文雅，但其实没有气度。除此之外，文章中还写了很多不足。真正地阅读了之后，有很多地方令人感到恍然如此，决不能否认。

但是，文章里所写的所有词语，总感觉和这些人平时乐观的心情有差距，他们只是写写罢了。虽然他们使用了很多什么"真正意义上的"啦、什么"本来的"啦等形容词，但是所谓"真正的"爱、"真正的"自觉到底是什么，并没有清楚地写明。也许这些文章的写作者都明白。如果是这样，他们能更具体地只用一句话，非常权威地给我们明示"往右""往左"不知该有多好啊。因为我们已经迷失了爱的表达方式，因此不要对我们说：这也不行，那也不可。如果以一种强有力的口吻吩咐我们要这样做、那样做的话，我们大家会全部照做的。可能大家都没有自信。在此发表意见的人，也许并非在任何时候、任何情况下都有这种意见吧。虽然指责我们没有合理的希望，没有正当的野心，但是当我们在追求合理的理想、付诸了行动时，指责我们的人说不定会在什么地方守卫着我们，并引导着我们吧。

我们隐隐约约地知道自己应该去最好的地方，想去很美的地方，去施展自我的地方。我们想拥有良好的生活。这就是我们所拥有的合理希望和正当的野心。一旦想抱有可依赖、不可动摇的信念，我们就会焦虑。但是，这一切，比如就姑娘家来说，要想体现在一个姑娘的生活上，恐怕需要相当努力吧。还要有母亲、父亲、姐姐和哥哥的见地。（虽然只是在口头上说有点过时，但绝没有轻视老前辈、老人和已婚的人们。不仅如此，他们应该置于二三位。）还要有生活上往来不断的亲戚，还要有熟人，有朋友。还要有一个总以强大力量影响我们的"社会"。当我们想到、看到、思考到这一切时，哪还谈得上发挥自己的个性！还是不要引人注目，默默地沿着大多数人所走的路前行。我们只能认为这才是最明智的。我认为将给予少数人的教育施与所有的人，这是非常可悲的。随着年龄的慢慢增长，就会逐渐明白，学校的修身规定和社会上的法规是截然不同的。如果完全恪守学校的修身规定，他就会被视为傻瓜，被称为怪人，没法出人头地，总是一生贫穷。或许有不撒谎的人吧。如果有的话，这种人永远都是一个失败者。在我的亲人当中，也有一个行为端正、拥有坚定的信念、追求理想，认为这才是真正意义上的生活的人。可是，亲戚们全都在说这个人的坏话，把他当成傻瓜。虽然我很清楚被当作傻瓜很失败，但不可能表达自己的想法，甚至反对母亲和亲戚。这很恐怖。小时候，当我的内心想法和大家的完全不一样时，我就会问母亲："为什么？"

这时，母亲就会用一句什么话对付我，然后就不高兴。她说我："你不好，你品行有问题。"给人感觉一副可悲的神态。母亲也对父亲说过我的事。当时，父亲只是默然地笑着。后来听说母亲说我是一个"不合群的孩子"，随着年龄渐渐增长，我已经变得战战兢兢的了。我想要做一件西服，也会考虑一下每个人的想法。

虽然偷偷地真正喜欢符合自己个性的东西，可是要想喜欢下去，把它作为自己的东西明确地体现出来，就感到很害怕。我总想要成为大家眼中的好姑娘。当很多人聚集在一起的时候，我是多么的自卑啊。满口胡言，喋喋不休地净说些根本不想说的事，讲一些和自己的内心想法不一致的事情。这是因为我觉得这样不吃亏，不吃亏。我认为这很讨厌。我希望道德观念早点儿发生改变就好了。这样一来，就不会因自己而产生这种自卑了，不会为了考虑别人的想法而每天生活得不痛快。

呀，那边空了一个座位。我急忙从行李架上拿下我的用具和雨伞，迅速地挤了过去。右边挨着的是一位初中生，左边挨着的是一位穿着肥大棉罩衣、里面背着孩子的妇人。这位妇人尽管上了岁数，但脸上化着浓妆，头发是流行的卷发。面部很漂亮，但是喉部已经有叠起的皱褶了，令人感到寒碜、不舒服，我很讨厌她这副样子。人在站着的时候和坐着的时候，考虑的事情完全不一样。一坐下来，脑子里想的净是一些不着边际、平淡无味的事情。在我的对面，有四五个年龄相仿的上班族呆呆地坐在一起。他们大概有三十岁吧。他们都很令人生厌。睡眼惺忪、浑浊，毫无锐气！不过，我现在如果对他们其中的某一位示以微笑的话，或许就凭这一点，一定会被拖着去和他结婚的。女性要决定自己的命运，仅靠一个微笑就足够了。这太可怕了，真不可思议！我可要小心啊。今天早晨，我专门想一些奇妙的事情。眼前一下子浮现出两三天以前，一位来我家修剪庭院的园丁来，挥之不去。他从头到脚都是一副园丁的模样，可是他的长相给人的感觉却完全不一样。夸张地说，他的模样像思想家，肤色看上去黑黑的，眼睛很有神，眉头紧锁。虽然他的鼻子是塌鼻头，但和他的肤色很相称，看起来意志坚强。嘴唇的形状也相当好看，耳朵有点脏。说到他的手，这才回过神儿意识到他是园丁。不过，他那张带着低低黑色软帽遮阳的脸，令人感到做园丁很可惜。我曾经向母亲询问过三四次：是不是那园丁从一开始就是一个园丁呢？结果，还受到了母亲的责难。今天，包着用具的这个包袱布，就是他第一次来我家的时候，母亲给我的。那天，家里正大扫除，修缮厨房的、榻榻米的工匠都在我家，母亲也在收拾衣柜。当时，母亲把这个包袱布拿了出来，我就向母亲要来了。这个包袱方布非常漂亮，适合女性使用。因为很漂亮，所以用它包扎物品很可惜。就这样坐着，把它放在膝盖上，悄然看了它好多次。抚摸着它，我希望这电车里所有的人都注意到它，可是没有一个人看它。只要有人稍微注视一下这个可爱的包袱布，我就可以决定嫁给他。一想到"本能"这个词，我就想哭泣。本能之大，是靠我们的意志无法推动的力量，一旦自己通过很多事情渐渐懂得了这些，我就感到几乎要发狂。怎么办好呢？我不知所措。我既不能否定，也无法肯定，只是好像有一个很大、很大的东西突然从头顶上罩了下来。而且，这个东西正随意地拉着我到处走。我被拉着，有一种满足的感觉，同时还有一种眺望这一切的悲伤感。为什么我们无法自我满足，一生只爱自己呢？眼见本能将吞噬自己以往的感情和理性，我就感到很可悲。一旦稍稍忘掉自我之后，又只是感到沮丧。当我渐渐明白那个自己和这个自我明显存在一体时，我就想哭泣，就想呼喊"妈妈！""爸爸！"然而，真实这东西或许意外地就存在于自己相当讨厌的地方。所以，我感到更加可悲。

电车已经到了御茶水[1]站了。一下到月台上，总觉得脑子里所有的一切都烟消云散了。我赶紧努力回想刚刚发生的事情，但是完全都浮现不出来了。再接着往下想，尽管感到很焦虑，但也什么都想不起来了。脑子一片空白！当时，有些事不仅时而很打动自己的，而且还令人感到痛苦、难为情，而现在随着时间的流逝，如同一切都没有发生一样。我对现在这一瞬间感到很有趣。在用手指抓住"现在""现在""现在"的时候，"现在"早已飞逝远去，新的"现在"又来了。一边嗒嗒地登着天桥的石阶，一边想着不着边际的事情，真是愚蠢！或许是因为我太幸福了吧。

今天早上小杉老师很漂亮，就像我的包袱方布那样美丽。老师很适合穿漂亮的蓝色衣服。胸前深红色的康乃馨也

---

[1] 御茶水，是流经东京都千代田区神田骏河台和文京区汤岛之间的神田川一带的地名。

很醒目。如果没有"造作"的话，我会更加喜欢这位老师。她过分弄姿作态了，感觉什么地方有些牵强。她那样是不是很累啊。她的性格也有些捉摸不透，有很多让人搞不明白的地方。她明明个性忧郁，却硬要表现出一副开朗的样子。但是，不管怎么说，她是一个很有魅力的女人。我感觉让她做学校的老师有些可惜。在教室里，她虽然不如以前受欢迎，但是，我（只有我一人）一直一如既往地被她所吸引。她给我的感觉就是住在山里、湖畔古城中的小姐。我太夸奖她了吧。小杉老师的话，为什么总是那么生硬呢？她是不是头脑不好啊。我感到很可悲。自刚才起，她就一直在喋喋不休地给我们讲爱国心。可是，这种事不是都很明白的吗？！无论什么人，都有热爱自己家乡的情感啊。这真无聊！我在桌前托着腮，心不在焉地注视着窗外。也许是风很大的缘故吧，吹散的云彩很漂亮。庭院的角落里绽放着四朵蔷薇花。一朵是黄色的，两朵是白色的，还有一朵是粉红色的。我一边呆呆地眺望着花朵，一边在想：我们人类也确实有聪明之处。发现花儿美丽的是我们人类，喜爱花儿的也是我们人类。

吃中饭的时候，大家说起了妖怪的故事。听到雅丝贝姐姐七大不可思议之一的"打不开的门"时，大家就开始叽叽嘎嘎地叫了起来。这不是幽灵登场式的故事，而属于心理方面的内容，我感到很有趣。因为太闹了，刚刚才吃饱，现在肚子却又饿瘪了。我马上从安盼夫人那里拿了牛奶糖吃，接着，又一时沉浸在恐怖故事中。所有的人都好像对这个妖怪故事非常感兴趣。或许这也是一种刺激吧。再往下讲的故事叫作"久原房之助"[1]，虽然这不是一个鬼怪故事，但也很滑稽，很可笑！

下午图画课的时间，大家都到校园练习写生。伊藤老师为什么总是无谓地为难我呢？今天他叫我做他图画课的模特儿。我今天早晨带来的旧雨伞大受班上同学们的欢迎，引起一阵骚动，最终伊藤老师也知道了，于是就叫我拿着这把雨伞，站立在校园有蔷薇花的一角处。据说老师要把我这种姿态画下来，下次送到展览馆展出。我答应只给老师做三十分钟的模特儿。能为他人起点作用，我感到很高兴。不过，当我和伊藤老师两个人面面相对时，感到很疲惫。他说话絮絮叨叨，理论太多。也许太专注于画我了吧，他一边画着，一边讲话，内容全都是说我的。我回答他也感到很麻烦，很累

---

1 久原房之助（1869—1965），日本著名的实业家、政治家，生于山口县，创建了日立制造厂，历任递相、政友会总裁，主张一国一党论。

人!他是一个黏黏糊糊的人,不爽快。他明明是老师却一会儿很害羞,一会儿奇怪地发笑,总之很不干脆直爽。我对此感到快要崩溃了。说什么"想起死去的妹妹"啦,真让人受不了。他人倒是不错,就是手势、动作太多了。

要说到手势、动作,我也不服输,比他还要多。而且,我的动作做起来还要诡异、机灵。实在太矫揉做作了,所以都难以对付了。"我摆的姿势太多了,这样摆那样摆的,简直就是虚假的妖怪!"我这么一说,又摆了一个姿势,这一次动也不动。我虽然这样老实地给老师做模特儿,但心里不断地在祈祷:"我要自然一些!我要率真一些!"不要读什么书了!只是依靠观念生活,无聊、高傲的家伙装腔作势,让人瞧不起,瞧不起!哎呀,说自己没有生活目标啦,说对生活、对人生再积极一些好了,说自己有矛盾啦,等等,一直不断地在进行沉思,不停地烦恼,这都只是由于你的感伤而已啊,只是一直在宠爱自己、安慰自己罢了。接下来就是过于高估自己了。啊,我的心灵是如此的不纯洁,把这样的我当作模特儿什么的来画,那老师的画作肯定会落选的。它不可能是美的。这下没希望了,伊藤老师似乎傻得不得了。老师甚至不知道我的内衣上刺有蔷薇花的图案呢。

我默然地以同样的姿势一直站立着，一味地想要起钱来了。有十日元也不错啊。我最想阅读《居里夫人》了。忽然我又希望母亲长命百岁。这么一直是老师的模特儿，很辛苦。我已经累得筋疲力尽了。

放学后，我和寺院住持的女儿金子同学悄悄地去了一家叫"好莱坞"的理发店剪头发。看着剪好的头发，根本不是自己所要求的那种样子，感到很失望。怎么看，我都觉得不可爱。感觉是惨透了。太令人沮丧了。来到这种地方，偷偷地剪了个头发，结果让自己好像一只极为肮脏的母鸡，我现在后悔死了。我们来到这种地方，简直就是小瞧自己了。主持家的同学非常兴奋。

"就这样去相亲怎么样？"当她说出这么粗鲁的话之后，仿佛产生了这样一种错觉：她觉得自己一定是真的要去相亲了。

她一本正经地问道："我这样的头发插上什么颜色的花好呢？""穿和服时，腰带配什么样的好看呢？"

她的确是一个什么都不考虑的可爱女孩儿。

我也笑着问道："你要和谁相亲呢？"

她一听就若无其事地回答道："常言道，什么人找什么人啊!"这是什么意思啊,我稍稍吃惊地一询问,结果她回答道:"当然住持的女儿嫁给寺院的住持最好了,一辈子都不愁吃。"她的回答又使我吃了一惊。金子同学好像完全没有个性。因此,她更是女性味儿十足。虽然在学校她只是和我相邻而坐,我跟她并非那么亲近,可是这位住持家的小姐却对大家说:我是她最要好的朋友。她可真是一个可爱的姑娘。每隔一天,她就写信给我,无意中还经常照顾我,我很感谢她。不过,她今天兴奋得太夸张了,我真的很不喜欢!和住持家的同学分手后,我就乘上了公交车。我不由得感到很郁闷。在公交车里,我看见了一个很令人讨厌的女人。她身穿一件脏衣领的和服,蓬乱的红头发缠绕着一把梳子,她的手脚都不干净,而且还长着一副红黑色的面孔,令人分不清是男还是女,叫人闷得慌!啊,我感到恶心。这个女人还是一个大肚子。时不时还一个人在嗤笑。母鸡!偷偷去"好莱坞"店做头发的我,也和这个女人是完全一样的。

我甚至想起了今天早晨在电车上坐在我旁边的那位浓妆妇人。啊,真脏、真脏!女人很讨厌。正因为自己是女性,所以非常清楚女性中的不洁,讨厌得令人咬牙切齿。就像玩弄金鱼之后,那种难以忍受的腥臭味儿一直都沾满全身,洗也洗不掉。这样，日复一日，自己也散发出雌性的体臭味儿。一想到这，有时也觉得是这么回事，于是就想干脆就这样在少女时代死掉吧。忽然，我想生病。如果患上重病，大汗淋漓，身体消瘦的话，我也许就能变得清净爽洁了。只要活着，恐怕无论如何都无法逃脱这种情形吧。我感觉自己渐渐地开始明白了坚实的宗教意味。

　　从公交车下来之后，稍稍叹了一口气。车上实在让人受不了。空气混浊发热，令人吃不消。大地舒适。踏在土地上行走，很喜欢现在的自己。我简直有点飘飘然起来，是一只快乐的小蜻蜓！我小声地在哼唱：青蛙，青蛙，你看什么呢？青蛙！你一边看着地里的洋葱一边鸣叫哪，青蛙！这孩子是多么的悠闲啊。自己都觉得不耐烦了，净长个子，令人很反感。我要做一个好姑娘！

　　回家的这条田间小路，每天我都见惯走惯了。所以，我都已经不知道这是一个多么宁静的乡村了。这里只有树木、道路和耕地。今天，我就装作是从外地第一次到这乡村里来的人吧。我是神田附近一个木屐鞋匠的女儿，生来第一次踏上郊外的土地。那么，这乡村到底是什么样的呢？这是一个好主意，一个可怜的想法。我做出一副严肃的表情，故意很夸张地东张西望。当沿着林荫道而下时，我仰起头眺望着冒出新绿的树干，发出小小的感叹声"呀！"当走过土桥时，我向下望了一会儿小河，看见水面倒映出自己的面容，就模仿狗"汪汪"地叫了几声。当看到远处的耕地时，就眯起眼，露出一副陶醉的样子，轻声地叹息道："真好啊！"到了神社，我又休息了一会儿。由于神社里的森林很暗，所以我慌忙地站起身一边说着"啊，好可怕，好可怕"，一边吓得缩起肩，匆匆忙忙地穿过了森林。当我对森林外部的光亮故作吃惊，留意周围的一切都很新鲜，心无旁骛地沿着乡村的道路行走的时候，不由得感到非常寂寞。终于一屁股坐在了道旁的草地上。坐在草地上之后，之前兴高采烈的心情一下子消失了，猛地变得一本正经起来。于是，我开始静静地慢慢思量了一下近来的自己。为什么近来的自己很糟糕呢？为什么总是这么不安呢？我总在害怕什么。

最近，也有人对我说："你变得越来越俗气了呢。"

也许如此吧。我确实变得很差劲，很无聊。"不行，不行。太懦弱，太软弱了！"我突然差一点儿"哇"地大声叫出来。我只是发出"呸"的一声，想掩饰自己的懦弱，那可不行！要再想想办法吧。我也许在恋爱。我仰面横卧在青草地上。

我喊了一声"爸爸!"布满晚霞的天空很漂亮。而且,暮霭呈粉红色。夕阳的光线在烟霭中消解、沁润,因此暮霭才变成这种柔和的粉红色吧。这粉红色的暮霭慢慢地飘散,隐入树丛间,走在道路上,抚摸着草地,就这样把我的身体轻柔地包围住。甚至连我的一根根头发,都悄然地微微映照着粉红色的光线。这光线就这样轻柔地抚摸着我。这天空更加美丽。我生平第一次想对这天空致以敬意。我现在相信神灵了。这天空的颜色应该是什么样呢?是蔷薇?是火焰?是彩虹?是天使的羽翼色?还是大寺院庙宇的颜色?不,都不是。它应该是更加神圣的颜色。

我眼含热泪激动地想:"我爱这一切!"我目不转睛地注视着天空,天空在渐渐地变化,现在渐渐地变成了青蓝色。我只是一个劲儿地叹息,想把衣服脱光。此时,树叶、草儿看上去已经不像刚才那么透明、美丽。我悄然地触碰了一下草儿。

我很想美美地生活!

我回到了家,发现家里来了客人。母亲也已经回来了。按照惯例,房间里传来了热闹的欢笑声。只有母亲和我两个人在房间里时，无论脸上怎么挂着笑容，她就是不会发出声音。可是，当她和客人聊天的时候，脸上虽然没有一丝笑意，可仅仅听到的笑声就相当高。我寒暄了一下，就立刻转到屋后，在井边洗了一下手，然后脱下鞋洗了洗脚。这时，一个卖鱼的人过来说："让您久等了。谢谢惠顾！"说着，就把一条大鱼放在了井边走了。我不知道这鱼叫什么，不过，鱼鳞密密麻麻的，由此判断像是北海的鱼。我把鱼移到盘子里后，又清洗了一下手，闻到了一股北海道夏季的鱼腥味儿。我想起了前年暑假去北海道姐姐家玩时的情景。姐姐的家在苫小牧市，也许是靠近海岸的缘故，总是闻到一股鱼腥味儿．我眼前浮现出的景象是：傍晚时分，姐姐一个人在她家空落落的厨房里，用她白皙的手技术高超地做着鱼，我当时不知为何总想缠着姐姐，非常恋慕她，可是那个时候姐姐已经生下了自己的孩子阿年，她已经不是属于我的了。所以，一想到这，我就不由地感到有一股寒风袭来。无论如何我不能再抱住姐姐那瘦削的肩头了，内心感到寂寞死了。我回想起自己一直站在那暗淡的厨房角落里，死死地盯住姐姐那白皙、轻柔转动的手指尖。过去的事情，都很令人怀念。亲情真不可思议。要是没有血缘的其他人远离的话就会渐渐地淡忘了，可是亲人却总是越发在脑海里长久记忆，令人怀念，感到美好！

井边茱萸的果实微微地泛起了红色。再过两周，也许就能吃了。去年，很有意思。傍晚，我一个人摘茱萸果吃的时候，小狗嘉皮默默地看着我。它一副可怜相，我就给了它一个。于是，嘉皮很快就给吃下去了。我又给了它两个，它也吃掉了。我觉得太有趣了，就摇晃起这棵树来。当果子啪啦啪啦地落下来时，嘉皮开始忘我地吃起来。这个傻家伙！吃茱萸果的狗，这还是头一遭。我踮起脚尖不断地摘茱萸果吃。嘉皮也在底下不停地吃。真好玩！一想起当时的情景，我就怀念起嘉皮来，口中喊道："嘉皮！"

嘉皮从大门口装模作样地跑了过来。我突然咬着牙格外疼爱起嘉皮来，并用力抓住它的尾巴。嘉皮轻柔地咬着我的手。我激动地想哭，摆弄着他的脑袋。嘉皮平静地咕嘟咕嘟喝着井边的水。

我进了房间，忽然灯亮了起来。一片寂静。父亲没有了。果然，当父亲不在了，就感觉家里留出了一些大大的空位，我感到很痛苦。我脱下了内衣，换上了和服，并给了内衣上的蔷薇花一个漂亮的亲吻，然后，坐在了梳妆台前面，这时从客厅传来母亲他们哄堂大笑的声音，我不由得感到火冒三丈。母亲和我两个人在家的时候还不错。可是，当家里来了客人时，母亲就会奇怪地疏远我，对我的态度很冷淡。在这种时候，我都会非常怀念父亲，感到悲伤。

看了一下镜中的自己，发现我的表情很生动，让人感到吃惊。我的脸变成了别人。这张脸同我本人的悲伤、痛苦、这种难受的心情毫无关系，特别自由生动。今天我明明没有涂抹腮红，可是面颊却明显的那么红润。而且，嘴唇也小小的，红艳闪亮，很可爱。我取下眼镜，悄然地笑了笑。眼睛非常好看，清澈明亮。说不定是因为长时间地注视着美丽的夕阳，眼睛才变成这么漂亮的吧。真是太棒了！

我有点兴高采烈地去了厨房，在淘米的时候，又感到悲伤起来。我很怀念以前在小金井[1]的家，心中燃起火一般的思念。在那个美好的家里，有父亲，也有姐姐。母亲当时也很年轻。我从学校一回到家，总会和母亲、和姐姐在厨房或者茶室里有趣地说着话。我向她们要点心吃，一会儿朝她们两人撒娇，一会儿找茬儿跟姐姐吵架，接下

1　小金井，位于东京都中部、武藏野高地的一座城市，以住宅、大学城而闻名。

来一定会受到责骂，于是就跑到外面骑上自行车到很远、很远的地方。到了傍晚时分才回家，然后高高兴兴地吃饭。那个时候真的很愉快！不需要凝视自己，不需要有怪异、不端庄的行为，只要撒撒娇就可以了。我在家享受的是多大的特权啊。而且，还满不在乎。既没有忧虑，没有寂寞，也没有痛苦。父亲是一个很了不起的好父亲。姐姐很温和，我总是喜欢搂着姐姐。不过，随着年龄一点点增长，首先我自己变得令人讨厌了。我的特权不知从何时起就消失了，赤身裸体，难看死了。自己再也无法对人撒娇了。苦思冥想起来，净是些痛苦的事情。姐姐出嫁了，父亲已经离世了。家里只剩下我和母亲了，恐怕母亲也相当寂寞吧。几天前，母亲曾说过："从今往后再也没有生活的乐趣了。即使看到你，我也真的不怎么感到快乐。请原谅我！如果你爸爸不在世上，幸福还是不要再来好了。"听母亲说家里一有蚊子，她就会突然想起父亲，一拆洗衣服，就会想起父亲，剪指甲的时候也会想起父亲，茶好喝时也一定会想起父亲。我再怎么体恤母亲的心情，再陪她说话，但还是和父亲有差异的。夫妻之间的爱情是这世上最强大的，一定比亲人之间的恩爱还要尊贵。我想到了这些忘形的事，一个人脸就红起来了，我用湿乎乎的手把头发往上笼了起来。我一边哗哗地掏米，一边打心眼儿里在想母亲很可爱，令人同情，我一定要好好地珍视她。这种烫成波浪式的发型，我马上解开披散了下来，我要把头发再拉长一些。母亲以前就不喜欢我梳着短发，所以我使劲把头发拉直，整齐地梳好给她看，她肯定会高兴的吧。但是，我讨厌这么做来安慰母亲。令人作呕！我想了一下，近来我的急躁情绪和母亲有很大的关系。我很想做一个符合母亲心意的好女孩儿，但是我又讨厌过分讨好母亲。即使我沉默不语，母亲也很理解我的心情，并感到放心的话，是最好的了。我无论多么任性，也绝不会做成为世人笑柄的事情。而且，我再痛苦、再寂寥也会坚守重要的原则。我爱母亲，我爱这个家，我非常爱他们。所以，如果母亲也绝对相信我，无忧无虑，悠闲自得的话，那就很好了。我一定要出人头地，粉身碎骨拼命地工作。这对于现在的我来说，是最大的快乐！而且，这是我要走的人生之路。然而，母亲却一点儿都不相信我，还一直都把我当孩子看。我一讲孩子气的话，母亲就很高兴。前几天，我发傻，特意拿出一把尤克莱利琴[1]，"嘣、嘣"饶有兴致地给母亲弹奏了一下，结果母亲打心眼儿里高兴起来，并装糊涂地取笑我说："哎哟！外面下雨了吗？听到房檐流落雨水的声音了嘛。"

我是很认真地在弹奏尤克莱利琴，并表现出一副陶醉其中的样子，所以经母亲这么一说，我感到可怜兮兮的，很想哭。妈妈，我已经是大人了啊。世上的事，我什么都知道。请你放心地跟我商量一切吧。家里的经济等什么事，请你毫不隐瞒地全部对我说吧。请你对我说"都是这种情况了，你也要体谅一下吧"，那我绝不会硬缠着你要买鞋子。我会做一个坚强、简朴、节约的女儿！这确实是真的呀。尽管如此，啊，突然想起有这么一首歌名叫《虽然如此》。于是，一个人哧哧地笑了起来。一留神，我发现自己呆然地将双手插入锅中，像个傻瓜一样想这想那的。

不行，不行！得赶快为客人做晚饭了。刚才的那条大鱼怎么弄呢？总之，先切成三段，再抹上豆酱放着吧。这样吃起来，一定非常美味。做菜就必须全部靠自己的第六感

---

[1] 尤克莱利琴，似吉他形状的拨弦乐器，有4根弦，属于夏威夷音乐的演奏乐器。

了。黄瓜还剩了一点儿,就用它做三杯醋黄瓜。下面是我拿手的煎鸡蛋了。再接下来还有一道菜。啊,对了!做一道洛可可式[1]料理吧。这可是我设计的一道菜。在碟子里——放入火腿、鸡蛋、芹菜、卷心菜、菠菜,厨房里的剩菜的东西全部汇集在一起,五颜六色,把它们搭配得很漂亮,然后很有技巧地把它们排列好端出来。这不费事,又经济实惠。虽然它并非美味,但是餐桌上会显得华丽非凡,看上去是一个非常奢侈的盛宴。鸡蛋的后面有芹菜叶,它的旁边是呈珊瑚状露出头来的火腿,卷心菜的黄叶子就像牡丹花瓣一样,就像鸟儿的羽毛扇子一样铺在碟子上。绿色欲滴的菠菜就像牧场,像湖水一样。这样的拼盘并排放上餐桌上两三个,客人们一定会偶尔想起法国的路易王朝吧。怎么会那样呢?反正我是做不出什么好吃的菜肴,但是至少会把菜的外形搞得很美观,让客人感到眼花缭乱,蒙蔽一下他们。菜肴的外观是最主要的。基本上这样可以蒙混过去了。不过,这个洛可可式料理需要有相当的绘画才能。关于色彩的搭配,如果没有比别人更加敏感的话,就会失败。至少得有像我这样的精细

---

[1] 洛可可式,18世纪以法国为中心流行于欧洲的一种艺术样式,具有纤细、优雅、美观等装饰风格。

啊。前几天，在词典上查了一下"洛可可"这个词，其定义为"只有华丽、没有实质内容的装饰风格"，很好笑。回答得真漂亮！美丽还要有什么内容吗？纯粹的漂亮，总是毫无意义，没有道德的。一定是这样！因此，我喜欢洛可可。

总是如此。在我做菜，不断尝味道时，总会不由得感到虚无得很。我累得要死，很不舒畅。这是因为我所有的努力都陷入到一种极限状态。已经不行了，已经这样了。随它去好了。终于，叹声道"好吧！"豁出去了。于是，我胡乱地整了一下味道和外观，接着吧嗒吧嗒地搞了一下，带着一脸的不高兴，把它端给了客人。

今天来的客人都特别郁郁不乐。他们是大森的金井田夫妇和他们七岁的儿子良夫。金井田先生已经快四十岁了，却像美男子一样肤色白皙，令人作呕。他为什么抽"敷岛"等地的香烟呢？带过滤嘴的香烟，总给人一种不干净的感觉。香烟最好是不带过滤嘴的。因为吸"敷岛"等地的香烟，会让人甚至怀疑其人格。他向着天花板一个接一个地吐着烟雾，嘴里说着："嗬，啊，原来如此！"

听说他目前在做一名夜校的老师。他的太太个子不高，战战兢兢，且很粗俗。即便是很无聊的事，她也会扭弯了腰，把脸贴在榻榻米上，笑出眼泪来。有什么可笑的事吗？那么夸张地笑趴下来，让人错以为是一种什么高雅。说不定在现在这个世上，这种阶层的人们是最坏的、最肮脏的呢。或许他们就是小资产阶级、小官吏！甚至连他们的小孩子都喜欢卖弄小聪明，一点儿都没有天真、朝气之处。尽管这么想，但我还是把自己的这种情绪全部压抑了下来，向大家行礼、说笑，抚摸良夫的脑袋说："真可爱，真可爱！"我完全是在撒谎，欺骗大家。或许金井田夫妇他们比我还要纯真呢。大家吃着我做的洛可可式料理，称赞我的手艺，我内心感到寂寞，感到生气，感到想哭。然而，尽管如此，我也努力地给他们表现出一副高兴的神情，并马上陪着他们一起吃了饭。不过，金井田先生的夫人纠缠不休地说着无趣的奉承话，我对此感到很恶心。好吧！我不要撒谎了。我严肃地说道："这种菜肴一点儿都不好吃。因为什么也没有，所以它是我的穷极之策！"

我明明是打算把事实如实地说出来，可是金井田夫妇却几乎拍着手，欢笑地说道："穷极之策，说得好！"我感到很委屈，想要把筷子和饭碗扔在桌上，大声地痛哭一场！我一直忍着，硬是无声地笑给大家看，结果连母亲也说道：

"这孩子越来越有用了啊。"

母亲明明知道我难过的心情,可是为了迎合金井田先生的心意,竟说出这种无聊的话,还笑呵呵的。妈妈!你没必要去讨好金井田这种人。对待客人时的母亲不是我妈妈。她只是一个弱女子!不能因为父亲不在世了,我们就这么卑躬屈膝?!我感到很可怜,什么都说不出来了。请你们回去吧!请你们走吧!我父亲是一个很出色的人。他待人温和,且人品高尚。不能因为我父亲去世了,就这么轻视我们。所以,请你们现在马上就回去吧!我很想对金井田这么说。可是,我还是很软弱,一会儿为良夫切火腿肠,一会儿给夫人拿酱菜,一直在为他们服务。

吃完饭以后,我立刻躲进了厨房,开始收拾、清洗餐具。因为我早就想一个人待着了。我并不是自命不凡,但我觉得没有必要勉强和那些人说话一致,一起欢笑。对那种人也要有礼貌,不,不,绝对没有必要对他们阿谀奉承。我讨厌他们!我已经讨厌得无以复加。我已经做了最大的努力了。就连母亲不也是高兴地看见了我今天一直在忍耐、一直在亲切待人的态度了吗?仅仅那样,就可以了吧。是清清楚楚地区分世间的交往就是交往,自己就是自己,非常愉快地应付并处理事物好呢？还是即使被人说了坏话，也总不失去自我，不韬光养晦好呢？我不知道哪个是好？我很羡慕这样的人，他能一辈子都只在和自己差不多软弱、体贴、温和的人群中生活下去。如果什么辛苦都不去经历就能终其一生的话，那么就没有必要特意追求辛劳了。还是这样为好！

抑制自己的情绪，为别人效力，这本身肯定是很好的。可是，从今以后如果每天都必须对像金井田夫妇那样的人们强作欢颜、随声附和的话，我说不定会发疯的。我突然想到这么可笑的事情：我无论如何都不能进监狱的。别说监狱了，我也做不了用人。我还做不了妻子。不，做妻子就不一样了。我一旦下定决心为了这个人而竭尽一生的话，无论怎么受苦，即使皮肤黑黑地劳作，也会因此充分地体会到生活的意义，有生活的希望。因此，我也会做得很出色。这是理所当然的事。我会从早到晚像小白鼠一样为这个家忙碌地劳动。我会勤快地给家人洗衣物。越是脏东西堆积很多的时候，我越是很高兴。我是一个焦虑不安，如歇斯底里般心神不定的人。我会感到死不瞑目。当我把脏东西全部一个不落地洗完，晾晒到衣架上时，我才会感到心安理得，安然死去。

金井田先生准备回去了。他好像有什么要办的事情,就带母亲出去了。因为母亲就是一个应声而去的人,所以金井田各方面都利用我母亲。尽管只是这一次没有利用,但是我很讨厌金井田夫妇的厚颜无耻,很想狠狠地揍他一顿。我把大家送至了门口,一个人茫然地眺望着暮色时分的道路。这时,我很想哭一哭。

信箱里有一份晚报、两封信件。一封信是给母亲的,是松板屋寄来的夏季物品大甩卖的宣传广告。一封是给我的,是顺二表哥寄来的。信上简单地告诉我说:他这次要调往前桥军团,请代他向妈妈问好!虽然就连军官也无法期待那些美好的生活内容,但是,我还是很羡慕他们每天严酷、紧张、有规律的起居生活。我想,一个人总是固定在井井有条的生活中,心情方面一定是很愉快的吧。像我这样,如果什么事都不想做的话,就干脆什么也不做好了。我正处于一种什么坏事都能做的状态。如果想要学习的话,有无限可以学习的时间。要说欲望,我觉得自己有很多希望都能实现。要是给我一个由此至彼的努力范围,我不知道我的心情该会多么地轻松啊。如果用力紧紧地捆住我,我反而会感到高兴。某一书中这样写道:在前线打仗的军人们的欲望只有一个,那就是想酣然大睡！不过，我一方面觉得军人的辛苦很可怜，而另一方面却又非常地羡慕他们。从令人厌烦的、烦琐的、来回兜圈子的、毫无根据的忧虑的洪流中彻底地作别，只抱有一种渴望非常想睡觉的状态，这是非常干净、纯洁的。只要想一想都觉得爽快！像我这样的人，如果能过一次军队生活，并得到很好的锻炼的话，说不定我能成为一个稍稍直爽、美丽的女孩子呢。即使不过军队生活，也还有像阿新那样率真的人。可我却是非常糟糕的人，是一个坏孩子。阿新是顺二表哥的弟弟，和我同岁。然而，为什么他竟是那么好的孩子呢？我在所有的亲戚中，不，在整个世界上，最喜欢阿新了。阿新双目失明。他年纪轻轻就什么也看不见，这是一种怎样的感受呢？在如此静谧的夜晚，阿新一个人在房间里，会是一种什么样的心情呢？

我们即使感到寂寞了，也能够看看书，眺望一下景色，多少可以排遣内心的寂寞。可是，阿新却无法这样做。他只是沉默不语。他以前比别人都更加努力学习，而且打网球、游泳都非常拿手，可是他现在的寂寞、苦楚是怎样的呢？昨晚又想起了阿新，上床后我便尝试着合上眼睛五分钟。即便在床上一直闭着眼睛，也觉得五分钟很漫长，感到胸口难受。可是，阿新不论早晨、白天、晚上，还是几天、几个月，都一直什么也看不见。如果他向我发一下牢骚、耍一下脾气、说话任性的话，我也会感到高兴的。但是，阿新什么也不说。我从来没有听到过他发牢骚、说人家的坏话。而且，他总是说话用词明快，表现出一幅天真无邪的神情。这更加让我感到难受。

我一边胡思乱想着，一边打扫客厅，然后烧洗澡水。我边看着洗澡水，边坐在装橘子的纸盒上面，借着昏暗的煤油灯把学校的作业全部做完了。尽管如此，洗澡水还没有烧开，所以我又看了一遍《濹东绮谭》[1]这部小说。书中所写的事实决不是令人讨厌、感到污秽的东西。不过，到处可见作者的装腔作势，这部小说依旧让人感到陈旧、不可信。也许是作者上了年纪的缘故吧！可是，外国的作者，无论怎么上了年纪，还都更加大胆地痴情地爱着对方。这样一来，反而不会招人讨厌。不过，这部作品在日本应该算是好的一类吧。在作品深处能让人感到一种真实、冷静的达观，觉得神清气爽。在这位作家的创作中，

---

1 《濹东绮谭》，是永井荷风的代表作，该小说以玉井的私娼街为舞台，描写孤独的作家与妓女阿雪之间的交往，以及趋于消亡的江户风俗。濹东位于东京都隅田川以东的地区。

这是一部最成熟的作品了,我很喜欢。我感觉这位作者是一个责任心很强的人。因为他非常拘泥于日本的道德观念,所以反而感觉到他的作品有很多地方表达了对日本道德的抗拒,给人一种强烈的印象。这是情感太深的人常有的故意装坏的癖好。他故意戴着一副恶鬼的面具,这样反而削弱了作品。不过,这部《濹东绮谭》有一种被吸引的强烈寂寞感。我喜欢这部小说。

洗澡水烧开了。我打开了浴室里的灯,脱掉了衣服,把窗户全部打开之后,无声无息地泡在浴池里。法国冬青的绿叶从窗户处伸了进来,一片片树叶在电灯光线的映照下,油光闪亮。天空中,星星闪闪发光。无论再看多少回,都是亮闪闪的。我抬头仰望,心旷神怡,故意不看自己灰白的肌肤。尽管如此,还是能恍惚地感觉到它就在自己的视野内。而且,沉静下来,感觉现在的肌肤同小时候的白皙不同,令人无地自容。肉体和自己的情绪无关,自行发育成长。这让我感到很难受,非常困惑。对于自己迅速长大成人,我无能为力,感到很悲伤。也许我只好顺其自然,注视着自己一天天长成大人。我很希望自己的身体永远都像玩偶娃娃一样。即使我装作小孩子把洗澡水乱搅和得哗啦哗啦地响，我还是总觉得心情沉重。我开始感到自己没有生活下去的理由了，很痛苦！从庭院对面的空地上，传来别处小孩半哭泣的呼喊声"姐姐！"我突然被这声音感动了。这虽然不是在呼喊我，但是，我很羡慕那个被刚才的孩子边哭喊、边追随其后的"姐姐"。我要是有一个那么追随我并向我撒娇的弟弟的话，我就不会这样一天天地不成样子、不知如何是好地生活着了。我肯定会很有劲头地生活着，甚至有决心将自己的一生都奉献给弟弟。真的，无论怎么痛苦，我都会忍受。我一个人兴致勃勃，接下来深切地感到自己很可怜。

洗完澡，不知为何，我今天晚上心里记挂着星星，就来到了庭院。星星好像要从空中落下来了似的。啊，夏天就要来临了。青蛙在到处鸣叫。小麦在沙沙作响。我仰头看了几回，很多星星都在闪闪发亮。我想起了去年，不是去年，已经是前年的事了。当我吵闹着想出去散步时，尽管父亲已经生病了，可他仍陪我出去一起散步了。总是很年轻的父亲教我唱德语小调，歌曲的意思是"你到一百，我到九十九"。父亲还给我讲星星的故事，给我做即兴诗。他拄着拐杖，不断地吐着唾沫，一边眨巴着眼睛一边陪我一起走。他是一个好父亲。我默然地仰望着星星，清晰地想起了父亲。从那以后，过了一年、两年，我渐渐地变成了一个坏孩子，有了很多很多属于个人的秘密。

回到了房间，我坐在桌子前托着腮，注视着桌子上的百合花。我闻到了一股花香。一闻到百合的香味儿，即使一个人很无聊，也决不会产生乱七八糟的情绪。这一枝百合是昨天傍晚散步到车站，在回来的路上从卖花的人那里买来的。之后，我这个房间完全像变了样一般清爽宜人，滑溜溜地拉开隔扇门，立刻就能感受到百合花的香味儿，不知道该有多惬意啊。这样一直注视着它，从真情实感和肉体感觉方面都能肯定它真的是超过了所罗门王[1]的豪华。突然，我想起了去年夏天去的山形市[2]。去爬山时，我看到在悬崖的半山腰处盛开着很多、很多的百合花，感到很吃惊，完全被它陶醉了。然而，我知道这悬崖很陡，根本无法攀爬，所以无论再怎么被吸引，我只有注视着它。这时，正好附近在场一位陌生的矿井工人默默地顺利爬上了山崖，而且瞬间就给我摘来了满

---

1 所罗门，生卒不祥，大卫的儿子。以色列王国第三代国王，约公元前10世纪在位。

2 山形市，位于日本东北部的山形县山形盆地的南部，周围山多、温泉多。

满的、一大捧百合花,几乎双手都抱不下。然后,他一脸木然地把这些花都给了我。这可是满满的一大堆啊。无论是多么豪华的舞台,无论是什么样的结婚礼堂,恐怕没有哪个人手捧这么多花的吧。当时,我是第一次体会到了满眼花朵而目眩的感觉。当我张开双臂抱起这一大些洁白的花束时,都完全看不到前面了。那位亲切的、令我着实感动的、年轻而严肃的矿井工人现在怎么样了呢?他为我到很危险的地方摘来了鲜花,虽然仅此而已,但是当看到百合花时,我就一定会想起这位矿井工人。

打开桌子上的抽屉,翻了翻里面的东西,我看到了去年夏天的一把扇子。白纸上面有一位元禄时代[1]的女子很不文雅地坐着,其旁边还附带画了两个青色的洛神珠。去年夏天的回忆就像烟状一般忽地从这把扇子中冒起。山形的生活、火车里、浴衣、河川、蝉、风铃。我突然想拿着这把扇子去乘火车。打开扇子的感觉真不错。啪啦啪啦地散开了扇架,扇子忽然变得轻飘飘的。在我不停地玩赏它时,好像母亲回来

---

1 元禄时代,以元禄年间(1688—1704)为中心的时代,由德川家第5代将军德川纲吉治世。农业生产和商品经济发展迅速,市民势力兴起,整个文化十分繁荣昌盛。

了。她的心情很好。

"啊,累坏了。累坏了。"母亲虽然口里这么说着,但是脸上并没有呈现出那种不愉快的神情。她很喜欢给人帮忙,真没办法!

"总之,事情很复杂!"母亲边说,边更换衣服去洗澡了。

母亲洗好了澡,和我两个人一起,边喝茶边奇怪地笑嘻嘻的。我以为母亲要说什么呢,原来她对我说:"你前几天说过非常想看《裸足的少女》吧?如果非常想看的话,你就去看好了。不过,今晚你得给我揉一揉肩膀。干完了再去,会更快乐的吧?!"

我高兴极了。我是一直很想看《裸足的少女》这部电影的。可是,最近我一直都在贪玩,所以就避而不说了。母亲正好观察到这一点,就先吩咐我做事,然后好让我能够毫无顾忌地去看电影。我真的很高兴!我爱母亲!我情不自禁地笑了起来。

我感觉已经很久没有跟母亲这样两个人一起度过夜晚了。因为母亲的应酬非常多。我想母亲也是不愿意被世人说三道四小瞧,才这么一直努力工作的吧。于是,在我给母亲揉着肩膀的时候，母亲的疲劳就像传到我的体内一般，我深深地体会到了母亲的疲惫。我一定要珍爱母亲。刚才，金井田来的时候，我还偷偷地恨母亲，现在感到很惭愧。我嘴里小声地说了一句"对不起！"我总是考虑自己，想着自己，从内心里一直对母亲是一种撒娇、蛮横的态度。每次，母亲该会感到多么痛苦啊。对母亲的这一切感受，我却根本不理会，经常顶撞她。自从父亲离世以后，母亲确实变得很柔弱。当我自己说痛苦啦、难受啦什么的，就会整个人完全依赖母亲。可是，要是母亲稍微依靠我一下，我就会讨厌，感觉像是看到了不大干净的东西似的。我这样做，确实太任性了。母亲和我都同样是弱女子。从今以后，我要满足于只有和母亲两个人的生活，要经常体谅母亲的心情，和她说说以前的事情，谈谈父亲，哪怕一天也行，我想立一个以母亲为中心的日子。这样，我想好好地感受生活的意义。尽管我在心里会惦记母亲，想着要成为她的好女儿，可是在行为方式和语言表达上，我一直都是一个任性的孩子。而且，近来的我，就像个孩子一样，甚至没有干净之处，净是污浊、丢人的事！说什么痛苦啦，烦恼啦，寂寞啦，悲伤啦，等等，这究竟是什么呢？说得明白一些，就是死吧。虽然我非常清楚,但是用一句话来说,我好像还无法说出类似于这种感受的一个名词、一个形容词。我只是惊慌失措,到最后突然好发脾气,感觉像是什么什么的。过去的女性,常被人骂作是奴隶,是无视自我的蝼蚁之辈,是木偶。可是,比起现在的我,她们更具有褒义的女性味,从容镇定,忍耐屈从地生活。她们不仅拥有这种睿智,而且还知晓纯粹自我牺牲的高尚行为,更懂得完全无偿奉献的快乐!

母亲像往常一样取笑我说:"啊,你是个很好的按摩师啊。真是个天才呀!"

"是吗?是因为我全神贯注吧。不过,我的长处不仅仅在于周身按摩。仅仅是这一点,也太心虚了呀。我还有更好的长项呢。"

当我怎么想的就如实地说出来时,感觉话语在我的耳边嘹亮地响起,这两三年我都没能这么天真、爽快地说话了。当我非常清楚自己的身份而抱以达观时,第一次很高兴地认为:也许一个平静、崭新的自我就要诞生了。

今天晚上,在很多意思上我对母亲都有谢意。因此,按摩结束以后,我又附带给母亲读了一段《爱的教育》[1]。母亲知道我在读这样的书,果然露出了一种放心的深情。可前些日子,当我在看凯瑟尔[2]的《旋花》时,母亲悄悄地从我这里拿起了书,看了一眼封面,脸上露出了不快。尽管她什么也没有说,默然地把书就这样马上还给了我,可我也总觉得不喜欢这本书,所以就不想继续看了。母亲应该是没有看过《旋花》,可她好像凭直觉就知道它不好。夜晚,静悄悄的。我一个人在出声朗读《爱的教育》时,感觉自己的声音很大,听起来发傻。我边读,边有时会感到无趣,对母亲感到不好意思。由于周围很静谧,所以显得很无聊。无论什么时候看《爱的教育》这本书,小时候所受的感动一直都没有改变,至今仍令我激动,感到自己的心灵还很纯真、很纯洁,心想还是这样好啊。不过,出声朗读和用眼阅读,感觉

---

1 《爱的教育》,是意大利儿童文学家德·亚米契斯(Edmondo de Amicis)创作的儿童文学作品,1886年出版。作品由9篇爱国主义和人道主义为题材的作品组成,用日记的形式主要记述少年恩里克的小学生活,歌颂对祖国的热爱。在日本,它被译为《爱的学校》,深受大家的喜爱。

2 凯瑟尔(Joseph Kessel, 1898—1979),法国小说家,著有《红色的草原》《旋花》和《在幸福的背后》等。旋花原本是生长在路边、野地的草本植物,类似喇叭花或牵牛花。在小说里用来比喻女性内心的情欲和理智不断纠结、苦斗。

完全不一样。我非常惊异。然而，当母亲听到恩里克、伽罗恩等地方时，她就俯身哭了起来。我母亲也和恩里克的妈妈一样，是一个又出色又漂亮的妈妈。

母亲先休息了。我想这是因为她今天早晨一大早就出门的缘故，很累了。我帮她铺好了被褥，并轻轻地拍打了一下被褥的底端。母亲总是一进被窝，就马上闭上眼睛入睡。

然后，我在浴室里洗衣物。最近，我有一个怪癖，快到晚上十二点才开始洗衣物。觉得白天哗啦哗啦地洗衣服浪费时间，很可惜，也许正相反。透过窗户能看见月亮。我蹲着边哗哗地洗衣物，边悄然地对着月亮发笑。月亮，却若无其事。忽然，在这一瞬间我坚信：某个地方有一个可怜、寂寞的女孩同样这样边洗衣物，边悄然地向这个月亮发笑，一定在对着它微笑。那一定是在遥远的乡村的山顶上一处人家，有一个痛苦的小女孩儿，深夜里在自家的后门口默默地洗着衣物。还有，在巴黎陋巷处一个肮脏的公寓走廊里，同样有一个和我同龄的女孩子，一个人在悄悄地边洗衣物，边朝这个月亮微笑。我毫不怀疑这一切，就好像用望远镜真的看到了一样，色彩鲜明地、清晰地浮现在眼前。真的没有任何人知道我们大家的苦楚。如果我们将来变成了大人，那么我们的痛苦、寂寞都是很可笑的,也许没什么可追忆的。不过,在完全成为大人之前,我们该怎样度过这一漫长而令人讨厌的时期呢?没有任何人告诉我们。只好置之不顾,就像得了麻疹病一样。不过,有的人是因麻疹而丧命,也有的人是因麻疹而失明。所以,置之不理是不行的。我们这么每天郁郁不乐,爱发脾气,甚至有人在此期间因走上邪路、彻底堕落,造成无可挽回之身,从此断送了自己的人生。而且,还有人把心一横就自杀了。当发生这样的事以后,世上的人们就会可惜地说:"啊,如果再活长一点,就会懂得了。""要是再长大成熟一点儿,就自然会明白的",等等。无论他们再怎么可惜地说,可是在当事人看来,非常、非常地痛苦。即使好不容易忍受这一切,想从世人那里拼命地聆听到点什么,可是听到的仍是某些不断重复的不着痛痒的教训,净是一些劝慰"行啦""好啦"的话。因此,我们总是做一些令人感到丢人、撂下不管的事。我们绝不是只图眼前一时快乐的人。如果有人给我们指着那遥远的山峰,告诉我们说:"到那里去,眺望的景致很美",我们就会明白那绝非谎言,一定会照着去做的。可是,现在我们明明出现了如此剧烈的腹痛,你们对于我们的这种疼痛却装作视而不见，只是一个劲儿地对我们说："哎、哎，再忍一忍。到了山顶就会好了。"一定是什么人搞错了，是你不好。

洗完衣物，我把浴室打扫了一下。然后，我轻轻地拉开房间的隔扇门，这时立刻闻到了百合花的香味儿，感到心情非常爽快，就连心底都透明起来，好像有种崇高的虚无感。我静悄悄地换上了睡衣。就在这时，本以为已经睡得香甜的母亲，闭着眼睛突然开口说起了话，让我吃了一惊。母亲时不时会这样做，吓唬我。

"你说想要一双夏季的鞋子，今天去涩谷顺便看了一下。鞋子也太贵了哇！"

"没什么啦。我并不那么想要啊。"

"可是，没有的话，会很苦恼吧？"

"嗯！"

明天，又会是同样的一天来临吧。幸福，这一辈子都不会降临的吧。我明白这一点。然而，我相信幸福会来的，明天就会来。这样想着入睡不是很好嘛。我故意发出"扑通"一声响，倒在了被褥上。啊，真快活啊。由于被褥很冷，我感到脊背一阵凉意，不由得心荡神驰起来。幸福会晚一夜到来！我朦朦胧胧地想起了这样一句话。期待着、盼望着幸福，终于难耐地跑出了家门。第二天,美好的幸福喜讯到访了这个已经舍弃的家。已经迟了!幸福晚来了一夜。幸福是——

我听到了咔阿在庭院走路的声音。"啪嗒"、"啪嗒"、"啪嗒"、"啪嗒",咔阿走路的声音听起来很有特征。由于它的右前腿短一截,且是〇形螃蟹状,所以脚步声也就带有一种令人感到寂寞的特点。它经常在这样的深夜里,在院子里转悠,不知在干什么呢?咔阿真可怜啊。今天早晨,我对它很不友好。明天,我会疼爱它的。

我有一个悲伤的毛病,如果不把双手严严地蒙住脸面,就无法入睡。我捂着脸,一动不动。

入睡时的心情真奇怪。就像鲫鱼、鳗鱼接连用力拉着钓鱼线一般,总觉得有一种很沉重、像铅一样的力量,在用线使劲拉着我的脑袋。我刚一打起盹儿来,线就稍微松开了。于是,我又恢复了精神。再用力拉,我又迷迷糊糊地睡去。线再一次稍加松开。这种事反反复复三四次之后,我的脑袋才开始用力被拉着,这次能一直睡到第二天早晨。

晚安!我是一个没有王子的灰姑娘。明天,我会在东京的什么地方呢?您知道吗?我不会再次遇见您了。

亲友交欢

昭和[1]二十一年九月初，我接受了一个男士的来访。

这起事件几乎谈不上浪漫，也丝毫不是什么赶潮流，但在我心目中，也许到死都会残留着难以抹消的痕迹。这是一起奇妙的、不堪忍受的事件。

事件。

不过，说是事件，或许有点儿夸张。我和这个男士两人一起喝酒，也没有吵架，至少在表面上我们是和和气气、好说好散的。可是对我来说，这是无论如何也不能放过的重大事件。

总之，这个男人很伟大、很了不起。根本没有一点儿可取之处。

我去年遇到灾难，来到这津轻的老家避难，几乎每天都诡秘地将自己关在里面的房间里，偶尔也有地方上的什么什么文化会的、什么什么同志会的邀请我去演讲或是让我出席什么座谈会的事儿，我总是推辞说："总该还有很多其他更合适的人选。"然后一个人偷偷地喝酒，睡大

---

1 昭和天皇在位期间（1926—1989）史称昭和时代，公元1926年为昭和元年。

觉，就这样从早到晚过着假隐居一般的生活。在这之前十五年的东京生活中，我曾出入最下等的居酒屋，饮最劣质的酒，和所谓最下流的人打交道，对于大多数的无赖汉我也习以为常了，可是唯独对这个男人我却束手无策，总之是厌恶到了极点。

九月初，我吃了午饭，在正房的堂屋里，独自一人茫然地吸着烟，这时，一个身穿耕作服的老爷子呆呆地站在门口打招呼。

"哎。"

这人就是我说的那个"亲友"。

（我在这个手记里，描写一个农夫的形象，把他可憎的性格展示给世人。为了慎重起见，虽然有些无聊，我想补充说明一点，就是完全没有以此来支援阶级斗争中所谓的"反动势力"这样的意图，读者只要将手记读完，自然就会明白。这种声明或许令人扫兴，但是最近有一些脑筋迟钝、神经麻痹的人，不断叫嚣一些陈词滥调，妄下结论，对于这类大脑陈腐愚昧——不，或许反而是聪明——的人，我还是添油加醋地附上了少许说明。本来出现在这个手记里的他，虽然貌似农夫，但决不是那些喜欢摆弄"意识形态"的人所景仰的农夫。他实在是个复杂的人,总之我是头一回见到这样的男人,可以说令人不可理解。我甚至预感到这是一种新型的人种。我并不想尝试对此进行善与恶的道德审判,而是想将关于这种新型人种的预感提供给读者。如果能做到这一点,我也就满足了。)

他是我小学时代的同学,姓平田。

"你忘了吗?"他露出白牙笑着说。我对这张脸似乎有些印象。

"知道,进来吧。"那天,我对他确实是个轻薄的社交家。

他脱掉草鞋,进了堂屋。

"久违啦。"他大声地说,"几年没见了呀?好几十年了吧?哦,二十几年没见了呀,我早就听说你来这里了,因为地里的活儿太忙,也没过来玩玩,听说你喝酒也成海量了,哇哈哈哈。"

我苦笑着给他倒茶。

"你忘了我俩吵架的事吗?我俩总吵架哩。"

"是吗?"

"什么'是吗'?你看,我这手背上还有伤疤呢,这是被你抓伤的。"

我仔细看了看他伸出的手背,哪里有什么像样的伤疤。

"你左边的小腿上也应该有块疤,有吧?应该有的。那是我向你扔石头砸的,哎,没和你少吵过架啊!"

可是我左边的腿肚子和右边的腿肚子上没有一处他所说的那样的伤疤。我只是暧昧地微笑着,倾听他的话语。

"哎,我想和你商量个事儿,就是班级聚会,怎么样?你愿不愿意参加?我们好好喝它一通,招集十来个人,酒二斗,这个我来准备。"

"这主意倒不坏,不过,二斗是不是多了点儿?"

"不,不多。一个人没有二升不够意思。"

"可二斗酒上哪儿凑去?"

"可能凑不来这么多,不过我试试吧,别担心。可再怎么说是乡下,最近这酒也不便宜啊,这个还得靠你了。"

我心领神会地站起身,走到里间,拿出五张大纸币。

"给你,先把这些拿去。剩下的,再说。"

"等等,"他把纸币塞还给我,"这不对,我今天不是来向你要钱的,是来商量事儿的,就想来听听你的意见。反正得让你掏一千来块钱的。可今天是来找你商量,顺便看看你这个老朋友的。啊,行了,你只管听我的,把这些钱收回去吧。"

"是这样。"我把纸币收进上衣口袋。

"有没有酒?"他突然问。

我禁不住又看了看他那张脸,他瞬时间现出难堪而又晃眼的神情,嚷嚷起来:"我听说你这儿总有两三升的,拿出来喝了吧,大嫂不在家吗?我想让大嫂给斟一杯。"

"好吧,那,这边请。"

我站起来,心里没趣极了。

我把他带到里间的书斋。

"乱得很啊。"

"不,没关系,文学家的屋子都这样。我在东京那阵儿,和很多文学家打过交道呢。"

可是对于这个,我怎么也不能相信。

"真是间好房子,修建得不错嘛。院子也很漂亮,还有柊树呢,你知道柊树的由来吗?"

"不知道。"

"你不知道啊?"他开始得意起来,"这个由来说大了是世界级的,说小了是家庭范围的,这又能成为你们的写作材料了。"

简直文不对题,我甚至怀疑他是否词汇不够用。不过也并非如此,后来他还是显现出了老奸巨滑的一面。

"那个由来是什么呢?"

他诡秘地一笑,装模作样地说道:"下次告诉你柊树的由来。"

我从壁橱里拿出只剩下半瓶威士忌酒的四方形酒瓶。

"你也喝威士忌吗?"

"喝呀,大嫂不在吗?让她给我斟酒。"

我在东京住过很久,接待过很多客人,可从未有客人这样对我说话。

"老婆不在。"我撒了个谎。

"别这么说,"他丝毫不理会我说的话,"把她叫到这里来,让她斟酒,我就是想喝一杯大嫂斟的酒才来的。"

如果他所期待的是大都市的女人,高雅而妩媚,那么对他对老婆都很可悲。老婆虽说是大都市的女人,但颇为土气,又不好看,并且待人一点儿都不热情,所以要把她叫出来,我心里很不痛快。

"算了吧,老婆斟酒,反倒不好喝了。这个威士忌……",说着我把酒倒进桌子上的茶碗里,"这在以前的话,算是三流品,不过不是甲醇。"

他一口将酒喝干,咂了咂嘴,说:"像是蝮蛇酒。"

我又给他斟上一杯。

"喝得太猛,过会儿醉意一下上来,会很难受的。"

"嗯?瞧你说到哪儿去了,我在东京喝干过两瓶三得利呢。这威士忌是六十度吧?很普通,没多大劲儿。"说着又将酒一饮而尽。实在太没情趣了。

接着他给我斟上酒,然后又把自己的碗斟满说:"没啦。"

"啊,是嘛。"我像是一个温文尔雅的社交家,心悦诚服地站起身,又从壁橱里拿出一瓶威士忌,开了栓。

他坦然地点点头,又喝了起来。

我心里有些厌恶起来,我从小就有浪费癖,爱惜东西的自觉性(绝不是自夸)比一般人淡薄。但这个威士忌可是我一直珍藏的,虽说以前是三流货,而现在的确是一流品。价钱固然很贵,可更重要的是,将它弄到手颇费了一番周折,不是花了钱就能买到的。这威士忌酒我在很久以前就收购了一打,并因此而破产,但我从未后悔过。每天享受品尝一点儿的快乐,为了让嗜酒的作家井伏[1]先生来访的时候也能品尝到,我一直倍加珍惜,可还是日渐减少,到了这个时候,壁橱里就只剩下两瓶半了。

他说要喝酒的时候,不巧没有日本清酒和其他别的酒,我只好拿出珍藏已久、如今所剩无几的威士忌来招待他,可没想到他这么能喝。这听起来像是吝啬鬼在发牢骚(不,我就直说吧,对这个威士忌我就是吝啬,就是觉得可惜。)被他如此这般理直气壮、不当一回事儿地暴饮,怎能不感到愤怒!

他的一番话,丝毫不能引起我的共鸣。我这话的意思不是说自己很有修养,而他是不学无术的乡巴佬,绝非如此。我甚至有过这样的经历,同完全没有教养的娼妇正儿八经谈论什么"人生的真实";还被胸无点墨的老师傅逼得发表意见而流过眼泪。我进而怀疑起世人说的所谓"学问",他的话惹得我一点儿也不痛快,原因确实在于他。为什么这么说呢?我与其在这里三言两语加以断定,不如如实地活画出他每一天的种种言行,任读者判断。我以为这才是作者所谓健

---

[1] 井伏鳟二(1898—1993),日本小说家。原名井伏满寿二。太宰治师友。代表作有《约翰万次郎漂流记》《本日休诊》《黑雨》等。

全的手段。

他从一开始就喋喋不休,大谈什么"我的东京时代",趁着醉意,越发滔滔不绝起来。

"你在东京也因女人失败过的。"他大声说着,又不由冷笑起来道:"其实在东京那阵儿,我也差点儿捅娄子,险些犯下和你一样的大失策,真的,其实已经到那份上了。不过我逃了,嗯,可真逃了。女人一旦看上了某个男人,是很难忘掉的。哈哈哈,至今还给我写信呢,嘿嘿,上次还给我送年糕来了呢。女人真是笨蛋,要想让她看上你,不是长相,也不是金钱,在于心情,就是一颗心。其实我在东京那阵儿,也不老实,想想看你那时候也应该在东京,或许跟哪个艺妓厮混,惹得人家掉眼泪。不可思议的是你一次也没碰到过我,你那时候到底都去什么地方游乐去了?"

我不知道他说的那时候是指什么时候,并且像他想象的,我在东京玩艺妓,以至于把艺妓惹哭的事也不曾有过。多半是在露天烤鸡肉串儿的小摊儿上,喝点儿泡盛[1]、烧酒,说一通醉话而已。我在东京,正如他说的那样,因女人而栽

---

1 冲绳特产的一种蒸馏酒。最初以粟为原料,后来使用黑米和酒曲发酵而成。

过跟斗，况且这也不止一两次，因屡遭失败，害得父母、兄弟姐妹脸上无光。不过我想至少可以这么说，"我绝非光仗着有钱，冒充美男子，玩弄艺妓，到头来还得意洋洋！"虽说是可怜的辩白，但因为他的这番话，我才明白就连这一点自己至今尚未得到他的信任。我开始感到腻烦了。

不过，这种不愉快，未必是因为这个男人才初次体味到的。东京文坛的评论家，还有其他形形色色甚至已经成了友人的人也曾让我吃过苦头，因此，我可以充耳不闻、一笑置之。此外，我意识到这个农夫模样的男人，把这视为我的一大弱点，乘虚而入，我又感到他的这种用心是多么卑鄙，多么无聊。

可是那天我是个极其轻薄的社交家，没有一点果敢的表现。不管怎么说，我是一个身无分文的战争受害者，带着妻儿，硬是挤进这个并不富足的小城市，命中注定只可以勉强维持朝不保夕的性命，所以对久居这个城市的人们来说，不能不是一个轻薄的社交家。

我去正房拿些水果来招待他。

"你不吃吗？吃点水果醒醒酒，还能再多喝点儿呢。"

他借着这势头，大口大口地将威士忌喝下去的话，即使不酗酒斗殴，也会大醉，以致不省人事，弄得难以收拾。想到这儿，我为了让他平静下来，削了个梨给他吃。

可是，他好像不愿意从醉意中醒来，对水果看也不看一眼，一个劲儿地去抓盛有威士忌的茶碗。

"我讨厌政治，"话题突然转向政治，"我们老百姓最好不要懂什么政治，在我们现实生活中，谁做了对我们哪怕只有一点点利益的事，我们就跟从他，这样就行了。谁把东西拿到我们面前，让我们攥着，我们就跟他，这样不就行了嘛。我们老百姓是没有野心的啊，有多少恩就报多少恩，这就是我们老百姓的诚实之处。什么进步党、社会党，管他呢！我们老百姓只知道种田、耕地，这就行了。"

我起初不明白他为什么突如其来地说出这样神秘的话来，可是他的下面这番话让我判明了真意，不禁苦笑起来。

"不过，上次选举，你也为你哥哥活动过吧？"

"不，什么也没做，每天都在这个房间做自己的工作。"

"撒谎，就算你是文学家而不是政治家，这可是人情啊，你一定为你哥哥做了很多。我虽然是个什么学问也没有的农民，但是我懂得人情。我讨厌政治，也没野心什么的，社会党也好，进步党也好，没什么可怕的。但是我讲人情，我和你哥哥虽不亲近，可至少你和我是同学，是亲友，对吧？这就是人情。尽管没有人让我这么做，我还是投了你哥哥一票，我们农民用不着懂得政治什么的，只要不忘记这人情，就可以了，你说呢？"

凭着这一票是否就可以获得大喝威士忌的权利呢？看得越透，我也就越发扫兴了。

可是他也绝非单纯的男人，忽然敏感地察觉到什么似的说："我并不想成为你哥哥的家臣，你这样看不起我，让我很为难。就连你家，要是追查家谱也就是个卖油的，你知道吗？我从我家婆子那儿听说的，谁买一合[1]油，就奖给谁一块糖，这门生意算是做对了。还有河对岸的斋藤，现在是个耀武扬威的大地主，可三代以前无非就是靠拾河里漂流的柴草，削成扦子，再把河里捞来的小杂鱼串起来烤了之后，一文、两文地卖钱发的财。还有大池家，把马桶排在路边，让过往的人往里撒尿，等小便装满了马桶，就卖给农民，就这样发了家。阔佬们的发家史都是这样。而我家呢，可是这个地方最古老的家族，据说祖先还是京都人呢。"说到这儿，仿佛自己也觉得不好意思，嘻嘻地笑起来："婆子的话，虽

1　容积单位，一合约180毫升。

然指望不得，但都是有规规矩矩的家谱的。"

"那可能就是公卿出身啦。"

我一本正经地应道，以此满足他的虚荣心。

"嗯，嗨，这些无法弄得很清楚了，大体就这么回事吧。只有我穿着这身脏衣服，每天下地干活儿。我的哥哥，你也知道吧，可是上过大学的啊！他不是大学棒球队的选手吗？名字还经常登报哩！弟弟现在也进了大学。我因为有自己的想法，所以当了农民。可是不管哥哥也好，弟弟也好，如今在我面前都抬不起头来。只因东京缺粮食，哥哥大学毕业后，在机关里当课长，总给我写信要我寄大米去。可是寄起来多不方便哪，哥哥要是自己来取，不管多少我都会让他背回去的。可东京衙门的课长，总不能老来背米啊。包括你，要是现在缺什么，只管上我家来。我嘛，是不会白喝你的酒的，农民就是老实，承蒙恩惠就一定会好好儿报答。不，我不再喝你斟的酒了，把嫂子叫来！不是嫂子斟的酒我不喝！"我产生了一种奇妙的心境，我根本就不想让他这样喝个没完，而他却说："我不想喝了，把嫂子带来，你不带来，我去把她拽来，嫂子在哪儿？在卧室吗？睡觉的房间吗？我是这天下的农民，你们难道不知道平田家族吗？"他有些醉了，开始无理取闹，然后摇摇晃晃地站起身来。

我边笑边安抚他坐下。

"好吧，那我把她带来。是个很没意思的女人，能行吗？"

说着我走进老婆和孩子的房间，煞有介事地吩咐道："喂，过去小学时代的亲友来玩了，你出来打声招呼吧。"

我还是不想让老婆看不起自己的客人。到自己这儿来的客人，不管是哪种类型，只要稍稍觉察到被自己家里人轻侮，我就会痛苦得受不了。

老婆抱着最小的孩子进书斋来了。

"这位平田君是我小学时代的亲友，上小学时两人总吵架，他右手还是左手手背上至今还留着我抓伤的痕迹呢，今天说是要来报仇呢。"

"啊，太可怕了。"老婆笑着说，接着又恭恭敬敬地鞠了一躬，"请多多关照。"

对于我们夫妻这种极其轻薄的社交礼仪，他似乎满不在乎，喜形于色地开口道："哎，别再说生硬的客套话了。夫人，来，靠近我，给我斟酒。"他也是个精明的社交家，背地里喊大嫂，见了面喊夫人。

他把老婆斟的酒，一饮而尽。

"夫人，我刚才也跟修治（我的幼名）说过了，如果碰到什么不如意的事，就上我家来。我家什么都有，芋薯、蔬菜、大米、鸡蛋，还有鸡。马肉怎么样？吃吗？我可是剥马皮的能手啊，想吃的话，就来拿，给你一只马腿让你背回去。还有野鸡怎么样？还是山里的鸟好吃吧，我还打猎呢。提起猎手平田，这一带没有不知道的，你要什么我就给你打什么。野鸭怎么样？如果要野鸭，明天一早我上田里立刻给你打下十只来。我还在吃早饭前打落过五十八只呢，你要是不信，就到桥边上的铁匠铺笠井三郎那儿问问，我的事他什么都知道。说起猎手平田，这地方的年轻人是绝对服从的。对了，明天晚上，喂，文学家！和我一起去八幡宫的夜间庙会看看吧？我来叫你。可能会遇到一伙年轻人闹事，谁叫这时局不稳呢。这时候我就会跳进去说：慢着。就好像幡随院的长兵卫[1]。我已经不惜生命了，即使我死了，我还有财产，不会苦了大嫂和孩子的。喂，文学家，明晚务必一起去吧，让你看看我的伟大之处。每天闷在这里头的房间，懒懒散散

---

[1] 江户初期游侠的首领，在与水野十郎左卫门的旗本游侠抗争中被杀，后来成为歌舞伎狂言的演出素材。

出不了好文学,应该多体验体验,你究竟在写些什么呀?嘻嘻,艺妓小说吗?你没吃过苦不行,我已经换过三次老婆了,越到后来越可爱。你怎么样?你也两个了?三个了!夫人,怎么样?修治疼你吗?别看这样,我也是个在东京生活过的男人呢!"

事情越发糟糕起来,我吩咐老婆去正房要点儿下酒菜来,借故把她支使开了。

他悠然地从腰间拿出烟荷包,又从烟荷包附带的腰包里取出装有火绒的小盒和打火石,咔嚓咔嚓要往烟管里点火,可是总也点不着。

"香烟这儿有好多呢,你抽这个吧,烟管儿很费事吧。"

他见我这么说,望着我,抿嘴一笑,便把烟荷包收起来,不无自豪地说:"我们农民总装着这个呢,你们可能看不上这玩意儿,可方便着呢!即使在雨天里,只要咔嚓咔嚓用打火石打几下,就能出火,我想下次去东京的时候,在银座的正中央,拿着这个咔嚓咔嚓地摆弄一番。你马上也要回东京吧?我上你那儿玩去,你家在东京什么地方?"

"受了灾,还不知道去什么地方好呢。"

"是吗,受了灾呀,我才知道。那一定拿到了各种特别配给吧?上次好像受灾者还分到了毛毯,把它给我吧。"

我茫然不知所措,苦于无法理解他的真意。可是他好像并非在开玩笑,继续执拗地说道:"给我吧,我拿它做夹克。这毛毯好像挺不错,给我吧,在哪儿?我回去的时候带走。这就是我的作风,想要的东西,我说我要,就收下来。不过,你来我这儿的时候,也可以这么做。我不在乎,带什么走都没关系,我就是这种作风的男人,讨厌礼节之类麻烦的事儿,行吗?我把毛毯拿走了啊。"

毛毯只有一条,老婆视为宝贝爱不释手。住在所谓"气派"的房子里,在他看来,我们是应有尽有吧。我们就像住在不相称的大贝壳里的寄居虫,从贝壳里脱落出来,成了赤身裸体的可怜虫,夫妻和两个孩子,就得抱着特别配给的毛毯和蚊帐,在屋外晕头转向地爬来爬去了。无家可归的凄惨,哪里是农家和有田有地的人能够明白的!因这次战争而失去家园的大多数人(我想一定是这样的),头脑里终究会浮现出一两回企图全家人同归于尽的念头吧。

"毛毯,就算了吧。"

"你真小气。"

当他越发执拗纠缠的时候，老婆端上了饭菜。

"啊，夫人。"他矛头一转，"给你添麻烦了，吃的东西什么也不要，到这儿来给我斟酒。修治斟的酒，已经不想喝了。小气不好，揍你一顿好吗？夫人，我呀，在东京的时候，可会打架了，还练过点儿柔道呢，就是现在，像修治这样的，不费吹灰之力。不管任何时候，修治要是对你逞威风，你就告诉我，我替你狠狠揍他一顿。怎么样，夫人？不管以前在东京还是来这里以后，没有人像我这样对修治肆无忌惮地套近乎吧？无论怎么说，我们是不打不成交的老朋友了。修治对我也摆不起臭架子来。"

在此，当我得知他的口无遮拦分明是刻意的努力，我的思绪越发索然无味了。让人请客喝威士忌，结果闹得天翻地覆，莫非他是想把这些作为愚蠢的自我吹嘘的材料？

我突然想起了木村重成和茶坊主的故事[1]，同时也想起了

1　木村重成（？—1615），安土桃山至江户时代的武将，自幼侍奉大名丰臣秀赖。庆长十九年（1614）以将领身份参与大坂冬之战，威震德川军，翌年战死于大坂夏之战。茶坊主，室町幕府和江户幕府时期武家从事茶道的职业名，负责接待来客的用茶等。据真田幸村《难波战记》记载，性格温厚的木村重成虽屡受茶坊主山添良宽之辱，却能不计前嫌，以德报怨。

神崎与五郎和马子[1]的故事。

甚至想起韩信所受的胯下之辱。本来木村氏也好，神崎氏也好，韩信也罢，与其说我佩服他们的耐性，不如说想到他们对于那些无赖汉所持的缄默和深不可测的鄙视，反而只能感受到一种令人生厌的矫揉造作。时常在居酒屋的争吵中看到这样的场面，一个人因悲愤而怒吼的时候，另一个人从容地奸笑着，对四周的人使眼色，像是说："麻烦了，耍酒疯呢。"然后又对愤愤不平的那人说什么："哎呀，真对不起，向你道歉了，向你鞠一躬。"这真令人作呕！卑鄙无耻！这种态度，怎能不使那个悲愤的男人愈发变得狂乱而上蹿下跳呢？无论是木村氏、神崎氏还是韩信，到底是不会对看客使眼色，表演"对不起，向你道歉"这样露骨的、哗众取宠的戏来的。而采取的无疑是一种堂堂正正、满含诚意，并且是很体面的道歉方式。尽管如此，这些美谈和我的道德基准终将发生抵触，我从中感觉不出耐性来。所谓忍耐，似

---

1 神崎与五郎（1666—1703），又名神崎则休，赤穗四十七勇士之一，本姓源氏。据《忠臣藏》记载，神崎奉大石内藏助之命，从京都通往江户。在东海道上，虽遭受马夫丑五郎百般刁难，却能在讨敌之前含垢忍辱，曲意相从。后来当丑五郎得知与五郎是为报旧主英勇杀敌的赤穗浪士之一时，对自己从前的行为悔恨不已，于是剃发来到其墓前深深忏悔。

乎不是一时的、戏剧性的。应该像阿特拉斯的忍耐和普罗米修斯的善于忍苦一样，是以相当长久的姿态体现出来的一种品德。加之上述的这三个伟人，那时都使人微微觉察出一种出奇强烈的优越感，反倒使我们对这些无赖汉产生了同情心，觉得难怪茶室的小和尚和马子等人想揍他们一顿，这也合乎情理。尤其是神崎氏的马子，还认真地开了张道歉证书。然而总也闷闷不乐，以后四五天终于自暴自弃，喝起闷酒来。我原本并不感佩于那些美谈里的伟人的胸怀，而是对那些无赖汉抱有强烈的同情和共鸣。可是，现在迎来眼前这位稀客，我不得不对以前对木村、神崎、韩信的看法进行重大的纠正。

管它什么卑怯，一切都无所谓。老虎屁股摸不得，道德观逐渐向这里倾斜。忍耐也罢，什么也罢，没工夫暗恋这些美德。我断言，木村、神崎、韩信确实比那些气急败坏的无赖之徒软弱，被他们所压倒，没有取胜的希望。耶稣基督处于时不我利的时候，不也是"尊敬的主啊，就这样逃离了"吗？

除了逃离，别无选择。如果在此激怒了亲友，演出一场弄坏门窗隔扇的武斗剧来，因为这不是我的房子，将是一件极不稳妥的事。就连小孩子弄坏隔扇、扯坏窗帘或是在墙上胡乱涂画的时候，我都是提心吊胆的，这当儿务必不能触怒这位亲友。有关那三位伟人的传说，修身的课本里是以"忍耐""大勇和小勇"命题的，这就如此深深蒙骗了我们这些求道者。如果我将它编入修身的课本的话，一定命题为"孤独"二字吧。

我以为我现在体验了那三位伟人当时的孤独感。

在我倾听他嚣张的气焰，独自烦闷的时候，他突如其来地发出了凄厉的喊叫："哇——！"

我吓了一跳，朝他望去，只见他叫唤着"醉意上来啦！"像是哼哈二将，又像是不动明王，紧闭着双眼，"呜呜"地吼叫着，两个胳膊撑在膝盖上，使出满身的力气，和醉意进行搏斗。

难怪喝醉了，他几乎一个人已经把新开的方瓶喝掉了一半，额头上闪着黏汗，那是一种足以适合形容成金刚力士或是阿修罗一样可怕的形象。我们夫妻见此情景，禁不住不安地对视了片刻。

可是三十秒之后，他却若无其事地说道："还是威士忌好，容易醉。夫人，来，给我斟酒，再靠近一点。我呀，再怎么醉，也不会失去理智的。今天我在你们这里吃喝，下次我一定请你们客，上我家来吧，可我家什么也没有，虽然养鸡，可那绝对不能宰杀，不是一般的鸡，叫斗鸡，就是让它们格斗的那种。今年十一月，有斗鸡的大型比赛，我想让它们都出场，现在正在训练呢，只有实在败得不成体统的才宰了吃。所以要等到十一月，不过，两三根萝卜我会给你的。"声音渐渐小起来，"酒也没有，什么都没有，所以我就来你这儿喝了，到时候我会呈上一只野鸭。可是有个条件，这只野鸭要由我、修治和夫人三人来分着吃，那时候，你拿出威士忌。还有，要是说鸭肉不好吃，我可不饶你啊。你要说难吃之类的话，我绝不饶你，这可是我好容易苦心打下的野鸭，我希望你说好吃。就这样约定行吗？'美味！好吃！'就这么说，啊哈哈哈，夫人，农民都这样，一旦被人奚落，就连一个绳头儿也不愿给，和农民交往，也得讲策略。听懂了吗？夫人，可不能摆架子，即使是夫人，也和我老婆一样，到了晚上……"

"孩子在里面哭呢。"

老婆笑着说罢，随后逃走了。

"不成！"他怒骂着，站起身来，"你老婆不行，我老婆不像她那样，我去把她拽来。你别笑话，我的家庭是个好家庭，有六个孩子，夫妻美满。你不信，去桥边的铁匠三郎那儿去问问就知道了。嫂子的卧室在哪儿？让我看看，你们俩睡觉的房间。"

啊，让这等人喝那贵重的威士忌是多么无趣！

"算啦算啦，"我站起来，牵着他的手，哪还笑得出来，"别理睬那个女人，我们不是很久没见了吗？痛痛快快地喝酒吧。"

他"扑通"坐了下来。

"你们夫妻感情不好吧？我意料到了，奇怪啊，一定有什么事，我可是猜到了。"

没什么猜到猜不到的，其中"奇怪"的原因，就在于亲友此种放肆的醉酒方式。

"真没劲，弄只曲子唱唱吧。"

听他这么一说，我着实放下心来。

一来唱唱歌可以暂时消除尴尬的气氛；二来这也是我最终仅存的希望。我从中午到快天黑的五六个小时，陪着这个毫无交情的亲友，听他拉拉杂杂地说了这么多，其间没有一刻让我感到这个亲友值得去爱，或者说是个伟丈夫。就这么告别了的话，我永远就只能以恐怖和可憎之情追忆起这个男人。想到这儿，真觉得于他于我都是件扫兴的事。通过让他唱一曲，我胸中油然涌现出了一种愿望，那就是：哪怕只有一件也好，请你向我展示你那能激起我愉快而又难忘的回忆的言行来，请你用悲哀的声调唱响津轻的民谣，让我热泪盈眶！

"那太好了，你一定唱一曲。拜托了。"

这已不再是轻薄的社交辞令了，我从心底寄予期待。

可是，就连这最后的期待也被无情地背叛了。

山川草木甚荒凉，
　十里血腥新战场。

他还说忘了后半段的歌词。

"哎，我要回去了。你老婆也逃了，你斟的酒也很难喝，我该回去了。"

我没有挽留。

他站起来，道貌岸然地开口道："同窗会嘛，没法子，那就我来张罗吧，以后的事就拜托你了。一定是一次有趣的聚会。今天多谢酒食相待，威士忌我带走了。"

我是有精神准备的。我把他茶碗里喝剩的威士忌注入只剩下四分之一酒的方瓶里。

"喂,喂,用不着这样,别太小气了,还有一瓶新的在壁橱里吧?"

"这你也知道!"我不寒而栗,接着索性痛快地大笑起来。只能说太有本事了,东京也好,哪儿也好,决没有这样的男人。

这样一来,无论是井伏来还是谁来,都没有共同享乐的东西了。我拿出壁橱里的最后一瓶酒,交给他,差点儿告诉他这酒的价钱。他听了会满不在乎呢,还是说"真不好意思,不要了"呢?我很想知道。可我还是忍住没说。请人吃喝,还说价钱,我无论如何做不到。

"香烟呢?"我试着问了句。

"嗯,那个也需要。我只有烟叶啊。"

提起小学时代的同学,我有五六个真正的亲友,可是,对于此人的记忆所剩无几。即便在他,对于我那时候的记忆,除了上面提到的打架以外,也几乎全无。尽管这样,我们尽情地"亲友交欢"了半天,我的脑海里甚至浮现出"强奸"这样的极端的字眼来。

不过，这还没有完。又附加了一点儿有始有终之美，真可谓既痛快又豪爽的男人！将他送至门口，即将告别的时候，他在我耳边狠狠地嘀咕了一句："休想逞威风！"

母亲

昭和二十年八月以后的一年零三个月里，我在本州北端津轻的老家，过着所谓的疏散生活。其间，我几乎天天在家，从未有过一次像样的旅行。唯有一次去了津轻半岛日本海一侧的某个港口城市，那里离我疏散的城市坐火车最多三四个小时，这是一次称"外出"更为恰当的小小旅行。

可是，就在下榻这座港口城市的某家旅馆的一宿之间，我却碰到了一起悲剧般的、奇妙的事件。我在此将它记录下来。

我刚疏散到津轻的时候，既没有探访过什么人，也没有什么人来看过我。不过时常会有一些复员的青年，说是要请教有关小说的事情，才到我这里来。

"人们常常使用地方文化这个词，老师，您认为这指的是什么？"

"嗯，我也不清楚。比如现在这个地方，时兴生产浊酒，反正同是造酒，要造就造好喝的，喝多少第二天都不会上头的上等酒来。不光是浊酒，草莓酒也好，桑果酒也好，野葡萄酒也好，苹果酒也好，好好动动脑筋，造出使人醉意酣然的上等酒来。吃的也一样，在本地收获的农产品上多下功夫，尽量生产出有地方特色的美味来。然后大家一起愉快地分享,是不是就指的这些呢?"

"老师,您喝浊酒吗?"

"喝是喝,就是不觉得多么好喝。醉倒了也不痛快。"

"可是也有好酒啊,和清酒没什么两样,这样的酒现在也能造了。"

"是吗?这可能就是所谓地方文化的进步吧。"

"下次我带给您怎样?您喝吗?"

"那是要喝的,为了研究地方文化嘛。"

几天后,那青年把酒盛在水壶里带来了。

我尝了尝,说:"好喝。"

清澈得如同清酒,却呈现出比清酒更浓的琥珀色,度数似乎也很高。

"出类拔萃,对吧?"

"嗯,出类拔萃,地方文化不可轻侮。"

"还有,老师您看这是什么?"

青年将带来的饭盒的盒盖打开,放到桌上。

我看了一眼,说:"是蛇。"

"说得对,是烧烤的蝮蛇,这也是地方文化之一。正因为在地方物产的味道和特色上狠下了一番功夫,才收获了这样的成果。为了研究地方文化,您尝尝吧。"

我不抱希望地尝了尝。

"怎么样?味道不错吧?"

"嗯。"

"会使人更有精力的,这个一次吃五寸以上,就会流鼻血。老师您刚才吃了两寸,还不要紧,要不你再吃两寸,吃四寸正好有利于身体。"

"那就再吃两寸吧。"

我出于无奈,又吃了点儿。

"怎么样?身体感觉不到发热吗?"

"嗯,好像热起来了。"

青年突然高声笑了起来。

"对不起老师,那是青蛇,酒也不是什么浊酒,我在一级酒里掺了威士忌。"

可是从那以后,我和青年成了好朋友。因为我觉得能这么欺骗我的人,一定非同一般。

"老师,下次能来我家玩儿吗?"

"那倒是应该去的。"

"地方文化可丰富啦,有清酒、啤酒、威士忌、鱼、肉,等等。"

我知道这个青年名叫小川新太郎,是面向日本海的某港口城市的一家旅馆主的独生子。

"你想把它作为召开座谈会的诱饵,是吧?"

我不擅长参加文化讲演会、座谈会,向人们大谈民主的意义什么的。因为我觉得那是把自己变成狐狸精骗人,实在不堪忍受。

"一定没有什么人来听您的讲演吧?"

"那也未必,你不是屡屡来这儿聆听我的言论吗?"

"不对,我是来玩儿的,来研究怎么玩儿的,这不也是文化运动的一环吗?"

"就是所谓既要学得好,也要玩儿得好,是吗?这种想法并不坏。"

"你要是真这么想,就来我家玩儿吧,尽管不为什么。家里虽然很脏,但保证有刚从河滨捕捞上来的新鲜的鱼吃呢。"

我决定走一趟。

我从被疏散的城市坐了三四个小时的火车,便来到了某港口的车站,一下车就看见小川新太郎君穿着笔挺的西装,前来迎接。

"你有这么好的西装，为什么来我家的时候，总穿一件邋遢的军装似的衣服？"

"我是故意打扮成那个样子的。水户黄门[1]也好，最明寺入道[2]也好，出游的时候都故意穿脏衣服，这样一来，旅行反会更有乐趣。懂得玩儿的人，总喜欢把自己打扮得很寒伧。"时值旧历新年，港湾的雪道，人们熙来攘往，热闹非凡。虽然是阴天，但气候和暖，雪道上冒着腾腾的热气。

右边能看见海，冬日的日本海显得黑黝黝的，翻卷着沉郁而混浊的波浪。

我们沿着海边的雪道散步。我穿着长筒胶鞋，小川君则穿着"咯吱咯吱"作响的红色短胶鞋。

"我在部队的时候，总挨打。"

---

1 水户黄门，常陆国水户藩第二代藩主德川光国（1628—1700），字德亮、观之、子龙，号日新斋、常山人、率然子、梅里、西山等，谥号义公，德川家康孙。曾任黄门官，人称水户黄门。他出游体察民情，大力推进公共事业，并致力于《大日本史》的编纂。以其为主人公的历史剧《水户黄门》在日本家喻户晓。

2 最明寺入道，北条时赖（1227—1263）号。镰仓中期第五代"执权"（辅佐将军的最高执政官）。后辞官出家，称最明寺殿。从南宋招禅僧兰溪道隆，建建长寺。

"那是啊,就连我都想打你一顿。"

"可能我这个人看上去有些狂妄吧。可是部队真的很糟糕,我这次从部队回来,打开鸥外[1]全集,看着鸥外身穿军装的照片,心里生厌,就把全集全部贱卖了。我开始讨厌鸥外,心想死也不读他的书了,就因为他穿的是军装啊。"

"你那么讨厌,为何还穿在身上外出呢?简直不成样子。"

"越是讨厌我越想穿着走。老师可能不理解,旅行大多伴随着屈辱,军装对于这些屈辱再合适不过了。所以,也就是说,您可能不明白,走访作家本身就是一种屈辱的事情,对,这屈辱差点儿到了顶点了。"

"你说话这么狂妄,难怪挨打啊。"

"是吗?真浑,如果不是疯子是干不出打人这样的事来的,我呢,在部队总被人打,就想装疯卖傻给以回击,于是别出心裁,甚至将两个眉毛剃得光光的,站在上官的面前。"

"哎呀,你可真是一不做,二不休啊,上官也惊呆

---

1 森鸥外(1862—1922),明治、大正时期的小说家、翻译家、军医。本名森林太郎。曾留学德国。代表作有小说《舞姬》《青年》《雁》《阿部一族》《高濑舟》,史传《涩江抽斋》,翻译《於母影》《即兴诗人》等。

了吧?"

"惊呆了。"

"这下就不会有人再打你了吧?"

"不,反而打得更厉害了。"

到了小川家。这是一家依山傍水、很洁净的旅馆。

小川的书斋在后面的二层,屋子收拾得有点过于整洁,可谓窗明几净。笔墨纸砚也很精致,甚至使人有一种错觉:小川君根本没在这间屋子里学习过。壁龛的柱子上挂着银色的镜框,里面是写乐[1]的版画。那是一幅荒诞的演员肖像画,仿佛神气活现的妖怪天狗竟一败涂地。

"画得像吧?和老师您一模一样。今天您要来,我特意把它挂在这儿的。"

我心里有些不自在。

我们围着桌旁的炉子坐了下来。他的桌子上放着一本翻开的书,似乎让人觉得他直到刚才还在读这本书。但翻开的书放得很规矩,反而又使人自然而然产生一种失礼的疑念,

---

1 写乐,东洲斋写乐,生卒年不详。江户时代浮世绘画家,擅长画人物肖像。一说是阿波蜂须贺家的能役者斋藤十郎兵卫。宽政六年(1794)至七年(1795)所作肖像画、武者画、历史画及木版草稿画近一百五十幅留存后世。

那本书莫非他连一页也没看过。

我扫了一眼桌子上边,不由地撇了撇嘴,他迅速地觉察到,以一种可以形容是"愤然"的态势,抓起桌上的书,说:"这本小说写得挺不错的。"

"不好的小说我是不会推荐给你的。"

那本小说是他问我读什么书好的时候,我极力推荐给他的一部短篇集。

"作者太伟大了,我从前不知道有这样一位作家。和这位作家比起来,老师您就是个乞丐。"

至于那部短篇集的作者是否是万世一系的作家,这是他的言论自由使然,我暂且不追究,但对于相比之下我像乞丐这种论断我是不会答应的,和年轻人太亲密往往会吃这样的苦头。

我甚至想再从旅馆的正门进来一回,这次作为一个陌生的游客下榻,无论如何付清房钱,然后豁出去塞给他大把小费,然后就不告而辞。

"到底是我的老师,眼界就是高。这太有意思啦。"

小川君说得倒是很用心。

我转念一想,是不是我自己过于怪癖了呢?

"少爷。"

一个女人从隔扇那边喊新太郎君。

"什么事?"

他一边答应着一边站起来,打开隔扇走到走廊上,说:"嗯,是是,对。棉袄?当然啦,赶紧的。"

然后,从屋外朝着我说:"老师,进浴池洗个澡吧。请您换上棉袄,我也这就去换。"

"可以进来吗?欢迎您。"

一个四十上下,细长脸儿,化着淡妆的女招待,拿着棉袄进来,帮助我换上衣服。

比起容貌和服装,我属于更在乎人的声音的那类人。声音难听的人在旁边,我就会出奇地感到焦躁不安,喝酒也醉得不快活。这个四十上下的女人,容貌暂且不提,声音倒不坏。从刚才隔着隔扇喊少爷的时候我就发觉了这一点。

"你是当地人吗?"

"不是。"

她把我领到浴池,这是一间用白色瓷砖砌成的很时尚的浴池。

我和小川君两人泡在清澈的洗澡水里,我甚至想对他说：你家有的不光是旅馆，难道不是吗？当然，这样说是想显示我的感觉不容轻侮，以此回报刚才的乞丐云云之仇，但是我还是忍住了没说。因为没有确凿的证据，只是偶尔有过这种感受罢了。如果有什么闪失，冒然提出一些有失礼仪的问题，将会弄得连道歉的余地都没有了。

那天晚上，我们尽情谈论了所谓地方文化的精髓。

那个有着一副好嗓子的上了年岁的女招待，到了晚上描着浓妆，涂着鲜艳的口红，给我们房间端来了酒和菜肴。不知是老爷的吩咐还是少爷的命令，她把那些东西放在门口，行了个礼，就默默退下了。

"你觉得我好色吗？"

"挺好色的。"

"其实真是那样的。"

我想让女招待斟酒，就故意绕弯儿给他一些暗示。可他不知是出于有意还是无意，以一种全然不知晓的神情滔滔不绝地说着这个港口城市的兴衰史，令我很尴尬。

"啊，喝醉了。睡觉吧。"

我说。

于是我独自一人被安排在了一间有二十张铺席宽的大房

间的正中央睡下了。它位于正面的二楼，大概是这家旅馆最好的房间吧。我醉得有些难受，自言自语嘟囔着"地方文化不可轻，南无阿弥陀佛、南无阿弥陀佛"之类不着边际的胡话，在不知不觉中睡着了。

突然我醒了过来，虽说醒了却没有睁开眼睛，也就是说虽然脑袋清醒，眼睛却是闭着的。这时，首先传入耳际的是那波涛声，我这才意识到这里是港湾城市的小川君家。想起昨晚自己惹起的麻烦，便开始后悔，这身子也觉得无助，心里忐忑不安。脑里忽又鲜明地浮现出二十年前自己犯下的那个奇妙的、近乎装腔作势的行径，尽管没有什么来龙去脉。突然忍不住想叫唤，嘴里一边低声说着"不行！""无聊！"一边在被褥中辗转反侧。醉酒而眠，夜里必定会醒来，接受上天赋予的这种残酷的两三个小时的刑法，这已成了我此前的习惯。

"不睡会儿觉不行啊。"

毫无疑问是那个女招待的声音。可这不是对我说的，是从正对着我的被褥下摆的隔壁房间低低透过的声音。

"嗯，我怎么也睡不着。"

像是年轻人的，不，几乎是少年一般悦耳的回答。

"稍微睡会儿吧。几点了？"女人问道。

"三点十三，不，十四分。"

"是吗？这手表在这么漆黑的夜里也能看得见哪？"

"看得见。这叫萤光板。看，喏，像萤火虫发的光吧？"

"真的，一定很贵吧？"

我闭着眼睛翻了个身，心想：原来如此，果然是这样。作家的直观不可小看，不，应该说好色鬼的直观不可小看吧。小川君说我是乞丐，摆出一副唯我独尊的架势，看吧，这家的女招待不也和客人睡觉吗？明早我就把这事告诉他，逗他一下，也算一乐。

隔壁仍旧传来两人低低的说话声。

根据他们的对话，我了解到男的是复员的航空兵飞行员，昨晚刚刚复员就来到了这个港口。因为他的家乡是个贫穷的村落，离这儿还要走十多公里，所以就决定先在这儿歇歇脚，等天亮了立刻启程回故乡的老家。两人昨晚初次相遇，并非旧知，彼此之间似乎多少有些谦让。

"日本的旅馆真好。"

"为什么？"

"安静。"

"不过,波涛声很吵吧?"

"我习惯波涛的声音。我出生的村子,能听见更响的波涛声。"

"你的父亲、母亲在等着你吧。"

"我没有父亲,他死了。"

"只有母亲?"

"对。"

"你母亲多大了?"声音很轻。

"三十八。"

我在黑暗中猛然睁开了眼睛。如果那男人二十上下的话,他的母亲也该是这个年龄,不足为奇。我虽然这么想,但对于三十八岁这个年龄还是颇受冲击。

"……"

也许我得如此打上省略号。女人果然沉默了,像是惊得屏住了呼吸,我感觉这时的气氛透过暗夜正好和隔壁的我的呼吸重合在一起。倒也合乎情理,那女人大约三十八九吧。

听到三十八这个数字,吓得不敢吭声的就只有女招待和邻室的这位好色鬼了。至于年轻的复员军人,丝毫没有意识到什么。

"你刚才说你的手指烫伤了,怎样了,还疼吗?"问得有点儿漫不经心。

"不疼了。"

也许是心理作用,那是个有气无力的孱弱的声音。

"我有治疗烫伤的特效药,在那个双肩背包里,我给你涂上点儿吧。"

女人什么也不回答。

"可以开灯吗?"

男人似乎起身要从背包里拿出烫伤药。

"不用了,好冷啊。睡吧,不睡觉不行呢。"

"一个晚上不睡觉,我不在乎。"

"我不愿意你开灯!"

语气很尖锐。

隔壁的"老师"独自点着头。不能开灯,不要把圣母暴露在亮光之下!

男人似乎又钻进了被窝,然后,两人沉默了许久。不久男人低声吹起了口哨,好像是战争期间流行的少年航空兵的歌曲。

女人冷不丁地冒出了一句:

"明天可得直接回家啊。"

"嗳,我是这么打算的。"

"不要绕到别处去了。"

"我不会绕道的。"

我开始昏昏欲睡起来。

醒来的时候,已经是上午九点多了,隔壁的年轻房客已经出发了。

当我在被褥里磨磨蹭蹭的当儿,小川君一只手拿着五六盒日冕牌香烟来到我的房间。

"老师早上好,昨晚睡得好吗?"

"嗯,睡得可香啦。"

我放弃了把隔壁那件事告诉小川君而使他狼狈不堪的企图,这么应道。

"日本的旅馆真不错。"

"为什么?"

"哎,安静啊。"

叮当叮当

敬启

我现在有件为难的事，想请教您。

我今年二十六岁，出生在青森市的寺町。您或许知道吧，寺町的清华寺旁边有个叫友哉的小花店，我就是这家花店店主的二儿子。从青森的中学毕业以后，我进了横滨某家军需工厂当事务员，工作三年，后来又在部队生活了四年，无条件投降时，我回到了故乡。可是房子已经烧毁，于是我就和父亲、哥嫂三人在火灾后的废墟上，建起了一座简陋的小屋，一同过日子。母亲在我上中学四年级时去世了。

我挤进这小小废墟上的住宅，毕竟对不住父亲和哥嫂，同父亲、哥哥商量后，便在一家名叫A的三等邮局上起班来。这家邮局位于青森市七八公里远的海岸边上的一个村落，是已故的母亲的娘家，局长就是母亲的哥哥。我已经在这里工作一年多了，感觉自己日益变得庸俗无聊起来，实在很苦恼。

我开始读您的小说，是在横滨的军需工厂当事务员的时候。读了您在《文体》杂志上刊登的短篇小说以后，搜罗您的小说就成了我的习惯。当我读了很多，得知您是我中学时代的前辈，并且还知道您在上中学时，来过青森寺町丰田先生的家，我的心几乎破碎了。经营和服店的丰田先生和我家住一条街，我很熟悉。上一代主人太左卫门先生很胖，正适合他这个名字，现在的太左卫门先生虽然瘦削但很潇洒，都想称呼他为羽左卫门[1]先生呢。不过好像大家都是好人呢。因为这次空袭，丰田家全烧了，好像就连仓房也被烧毁了，真让人同情。当我得知您在那个丰田家待过，就很想请现在的太左卫门先生写封介绍信，去拜访您，可因为我是个胆小鬼，只会空想，没有勇气落实到行动上。

后来我当了兵，被派去守卫千叶县的海岸，天天被迫去挖洞，直到战争结束。即便如此，我也偶尔能有半天休假，去城里找您的作品来看。于是就想给您写信，真不知道有多少次想提笔给您写信了。可是，写了"敬启"之后，就不知道写什么好了。一来没什么事，二来我对于您来说，完全是个毫无关系的人，所以就只能握着笔一个人发呆。不久，日本无条件投降，我也回到了故乡，开始在A邮局工作。上次去青森的时候，顺便去青森的一家书店看了看，当我找到您的作品，并且从您的作品中了解到您也因为罹灾，回到了出

---

[1] 市村羽左卫门（1874—1945），本名市村录太郎，大正至昭和前期歌舞伎名俳优，形貌昳丽。

生地金木町的时候，我的心又一次为之欲碎。尽管这样，但我还是没有勇气冒昧登门拜访您。想来想去，就决定先给您写封信。这回我也不会只写完敬启二字就茫然不知所措了，因为这封信里有事要说，并且是十万火急的事情。

我想求教一件事，我真的很犯难，并且这不光是我个人的事情，似乎还有其他人也因类似的思绪而烦恼，所以请您为我们这些人做一番指点。无论是在横滨的工厂，还是在军队的时候，我一直想给您写信，现在终于如愿以偿。可没想到，最初的这封信的内容竟是这样缺乏乐趣！

昭和二十年八月十五日正午，我们在兵营前的广场上列队，聆听天皇陛下的现场广播，可是收音机被杂音干扰，几乎什么都无法听清。接着，一个年轻中尉毫无顾忌地跑上讲台，说道："听见了吗？明白了吗？日本接受了《波茨坦公告》，投降了。可是这是政治上的决定，我们军人要战斗到底，最后无一例外地选择自尽，以此表达对天皇的歉意。我本人是这么想的，希望你们也能做好精神准备。听懂了吗？好，解散。"

说完，那个年轻中尉走下讲台，摘下眼镜，边走边流眼泪。严肃一词是否就是说的这种场合呢？我呆立着，只见周围已朦朦胧胧暗淡下来，不知从哪儿吹来了凉风，我的身体也自然而然地像是沉到了地底下。

我想到了死，相信真的会死。前方的森林寂静得让人生厌，眼前漆黑一片，一群小鸟像一把撒向空中的芝麻，从树林顶端静悄悄地飞走了。

就在这时，从背后的兵营里，幽幽地传来了什么人用锤子钉钉子的声音。"豁然开朗"这个词儿或许应该用在这里。一听到这声音，悲壮和严肃顿时烟消雾散，我像是从附体的恶魔中挣脱出来，身轻如燕，呆呆地眺望着夏日的沙原，竟涌现不出一丝感慨来。

就这样，我往背包里塞满了东西，恍恍惚惚回到了故乡。

那个从远处传来的微弱的铁锤声，奇妙地剥去我军国主义的幻影，使我不再醉心于既悲壮又严肃的噩梦。可是我疑心那微弱的声音是否真的穿透了我脑髓的金靶子，让我至今沦落为一个患有癫痫病的、颇为异样的男人。

虽然如此，但绝不会狂妄地发作。正相反，如果有感于某事物，力求振作起来，就会听到那叮当叮当不知从何处传来的幽幽的铁锤声。倏忽之间，我飘然若举，眼前的风景全然变了样，仿佛放映中的镜头突然中断，而眼睛仍在目不转睛地盯着只剩下一片纯白的银幕,此时的心情多么虚幻,多么愚钝!

最初我来到这个邮局的时候,心想今后可以自由地学点东西,打算先写一部小说,然后寄给您,请您看看。于是我就利用邮局工作闲下来的工夫,写下了对军队生活的追忆。花了很大力气,写了将近一百页,在即将完稿的某个秋日的傍晚,做完邮局的工作,去公共浴池,边泡澡边琢磨着今晚写到最后一章的时候,是像奥涅金[1]的末尾那样,以辉煌的悲哀结尾呢,还是以果戈里的"吵架的故事"[2]式的绝望终结呢,我越想越兴奋。当抬头看到从澡堂高高的天花板上垂吊下来的电灯泡的光亮时,远处传来了那"叮当叮当"的铁锤声,霎时水退了下去,我随即变成了一个在昏暗的洗澡池一角,"吧嗒吧嗒"扑腾着洗澡水的裸体男人。

---

1 《叶甫盖尼·奥涅金》(Евгений Онегин),俄国著名文学家、诗人亚历山大·谢尔盖耶维奇·普希金(Александр Сергеевич Пушкин,1799—1837)创作的长篇诗体小说,后由柴柯夫斯基(Пётр Ильич Чайковский,1840—1893),改编成三幕歌剧。

2 尼古拉·瓦西里耶维奇·果戈理(Никола́й Васи́льевич Го́голь,1809—1852),俄国作家、现实主义文学奠基人之一,也是"自然派"的创始人。代表作有《钦差大臣》《死魂灵》《狂人日记》等。此处的《吵架的故事》可能是指果戈里1835年创作的中篇小说集《密尔格拉得》里的《两个伊凡吵架的故事》。

我觉得实在太无趣，于是从洗澡池爬上来，洗掉脚心的污垢，倾听着澡堂的客人们谈论配给的话题。普希金和果戈里都仿佛成了洋人生产的牙刷的名称，让人觉得乏味。从澡堂出来，过了桥回到家，默默地吃了饭，返回自己的房间，哗啦哗啦地翻看着桌子上将近一百页的稿纸，竟觉得无聊到让人腻烦的地步，连撕毁的力气也没有了，日后拿它们擤了鼻涕。从那以后直到今天，我没写出一行像样的小说。幸好舅舅那儿有几本仅有的藏书，有时我就借一些杰作，诸如明治大正时期的小说集来看，有的让人赞叹，有的却不然。我读书的态度极不端正，暴风雪的夜晚就早早上床睡觉，过着精神枯竭的生活。看了世界美术全集，久而久之，对自己以前那样钟情的法国浪漫派的画也失去了兴致，而现在更醉心于日本元禄时代[1]的尾形光琳[2]和

---

1 江户中期、以元禄年间（1688—1704）为中心的前后三十年。元禄，东山天皇在位时的年号。这个时期，德川纲吉幕府实施文治政治，农业、商业得到发展，町人开始抬头，学问、文化也出现了空前的繁荣。

2 尾形光琳（1658—1716），京都人，江户中期画家，琳派创始人。初学狩野派画风，不久仰慕光悦、宗达的近世装饰画风。亦长于泥金、陶器等工艺画。代表作品有国宝《燕子花图屏风》《红白梅图屏风》等。

尾形乾山[1]两人的造诣，感觉光琳的杜鹃花比塞尚[2]、莫奈[3]、高更[4]乃至比任何人的都好。就这样，渐渐地我的所谓精神生活像是重新复苏过来，可毕竟自己不敢狂妄地想当光琳、乾山那样的名家。哎，也就是一个乡下的业余爱好者，自己力所能及的工作就是从早到晚坐在邮局的窗口，数着他人的钞票，仅此而已。即便是这样的生活，对于像我这样既没有知识也没有能力的人来说，绝非是一种堕落。或许真有谦虚这顶王冠，只有兢兢业业做好日常平凡的工作，才称得上是高尚的精神生活。我逐渐开始对自己每天的生活产生了自豪感。那时正值日元的转换时期，就连这个偏僻乡村的三等邮局——不不，可能正因为规模小，人手不足——也忙得不可

---

1 尾形乾山（1663—1743），京都人，江户中期陶器制作家、画家，光琳胞弟。陶艺曾受野野村仁清的影响，画工师从其兄光琳。晚年于江户下谷村、下野佐野等地开窑制陶，故又名佐野乾山。

2 保罗·塞尚（Paul Cézanne，1839—1906），法国印象派著名画家，代表作品有《坐在红扶手椅里的塞尚夫人》《浴女们》等。

3 克劳德·莫奈（Claude Monet，1840—1926），法国画家、印象派代表人物和创始人之一。代表作品有《印象·日出》《卢昂大教堂》《睡莲》系列等。

4 保罗·高更（Paul Gauguin，1848—1903），法国后期印象派画家，与塞尚、梵高合称后印象派三杰。代表作品有《我们从哪里来？我们是谁？我们到哪里去？》等。

开交。那阵子，我们每天从一早起，就为存款申报的受理、旧货币验讫的张贴，忙得筋疲力尽，得不到休息。尤其觉得自己是舅舅家的食客，而此时正是报恩的好机会，便拼命地干活，以至于两手沉重得像戴着铁手套，丝毫感觉不出是自己的手来。

我就这样干着活儿，然后像死一般地沉睡，第二天早晨随着枕边闹钟的鸣响爬起身，立刻去邮局打扫卫生。这本来是女职员的工作，自从日元转换闹得沸沸扬扬以来，我干得愈发起劲，不管什么都一心想插手，以今天胜过昨天、明天又胜过今天的惊人的速度，进行着近乎疯狂般的顽强拼搏，终于迎来了闹货币转换的最后一天。这天，我依然在黎明前起身去邮局，如火如荼地搞卫生，直到全部搞完才在自己的窗口前坐下。这时，朝阳直射到我的脸上，我眯起困顿的双眼，依然以一种颇为惬意的心情，回想起诸如劳动是神圣的这样的字眼。就在我舒心地松了一口气的时候，好像又听到远处那幽幽的叮当叮当声。此后，所有的一切在瞬间陡然变得索然无味。我起身走进自己的房间，蒙着被子睡觉，有人来叫我吃饭，我也只是粗鲁地回答：今天身体不舒服，起不来床。其实那天是局里最忙的一天，大家都为我这个最出色的劳动力躺倒了而发愁呢。我一整天迷迷糊糊地睡着,还说向舅舅报恩呢,都怪我太任性,反而适得其反。我完全失去了拼命干活的劲头,第二天睡了个大懒觉之后恍惚地坐在我的窗口前,一个劲儿打哈欠,把大部分工作推给身旁的女职员。后来的几天,我又变成了一个无精打采、闷闷不乐、坐在邮局那个窗口的普通职员。

"你还是哪儿不舒服吗?"

听到舅舅这么问,我微微一笑,答道:"哪儿都好,可能是神经衰弱吧。"

"是啊,是啊,"舅舅不无得意地说:"我也看出来了,你脑子笨,还看这么难的书,当然会这样。我不像你,脑袋不灵就不去想那些复杂的事才好呢。"说着笑起来,我也跟着苦笑了一声。

这个舅舅虽说是从专门学校毕业的,但丝毫没有知识分子的气质。

于是后来(我文章里的"于是后来"太多了是不是?这或许是笨脑筋人写文章的特点吧。我自己也注意到了,可还是自然就出来了,真叫人伤脑筋),我开始谈恋爱了。您别笑话,不,笑也无济于事。就像金鱼缸里的鳉鱼,浮在离缸底六公分左右的地方，一动不动，自然而然就有了身孕似的，我糊里糊涂过日子的时候，不知不觉也谈起了那叫人难为情的恋爱来了。

一旦谈起恋爱，音乐就能浸润全身，其实这是恋爱病最确实的征兆。

是单相思。可是我爱那个女人爱得死去活来。那人是这海岸村落里唯一一家小旅馆的女佣，好像不满二十岁。当邮局局长的舅舅爱喝酒，每次在旅馆的内厅举办某某村落的宴会时，他准去不误。舅舅和那个女佣交往亲密，她因存款、办保险等事情出现在邮局窗口的时候，舅舅总是说些生硬迂腐的玩笑嘲弄她。

"这些日子你看起来很风光，拼命存钱，真是佩服你啦。是不是找到好男人了？"

"无聊。"那女人嘟囔了一声，显得很不耐烦。那不是凡·戴克[1]画中女人的表情，倒像是贵公子。她名字叫时田花江，存折上就这么写着的。以前好像在宫城县，存折的地

---

[1] 安东尼·凡·戴克（Anthony van Dyck，1599—1641），弗拉芒画家，曾师从鲁本斯，后成为英国国王查理一世时期的英国宫廷首席画家。他擅长肖像画，并创作了很多圣经故事和神话题材的作品。代表作品有《家族肖像》《自画像》《穿猎装的查理一世》《爱神丘比特和普塞克》等。

址栏里，在过去的宫城县上画上了消去的红杠，旁边写着现在的新地址。据邮局的女职员说，她在宫城县遭受了战争灾害，就在无条件投降之前突然来到了这里的村落，还是那家旅馆老板娘的远亲，因为家境不好，尽管还是个孩子，就很精明强干了。疏散到这里来的，没有一个在当地是口碑好的人。至于什么精明强干之类的说法，我压根儿不相信，可是她的存款绝不在少数。对于这点，邮局的职员是不能说出去的，反正花江即使被邮局局长嘲弄，依旧每周来存上一次两百元、三百元的新票子，总额不断增多，我想不会是因为她找到了好丈夫吧？每当我在花江的存折上盖上两百元、三百元的印章时，心就会怦怦乱跳，脸直发红。

我渐渐苦闷起来，花江绝不属于精明强干的女人，可是，这个村落的人都盯上了花江，给她钱，以致毁了她。对，一定会这样，想着想着，我心里一惊，竟半夜里蓦地从被窝里坐起来。

可是，花江还是每周一次满不在乎地拿钱过来。我现在岂止是心发慌脸发红了，因为痛苦难耐，直觉得自己脸色苍白，额头冒油汗，一张一张地数着花江一本正经拿出的贴有验讫标签的污浊的十元钱纸币，不止一次地涌上一种冲动，真想一下子把所有的纸币都撕掉，然后对花江嚷嚷一句那个镜花[1]小说里有名的台词："死也不要做人家的玩偶！"虽然听起来有些装腔作势，况且像我这样的乡巴佬，有谁能说得出口。可是，无论如何我都要极严肃地对她说一句：不要做人家的玩偶！物质算什么？金钱算什么？！

你想她，她就会想你，真有这等事吗？那是五月刚过一半，花江和往常一样，一本正经地出现在邮局窗口，说了声"给"，就把钱和存折交给了我。我叹了口气接过来，悲哀地数着那一张张污浊的纸币，然后往存折上填入金额，再默默地把存折还给她。

"五点左右有时间吗？"

我不敢相信自己的耳朵，她的声音又低又快，仿佛春风在耳畔嬉戏。

"要是有空的话，到桥上来。"

她说完微微一笑，马上又回到先前一本正经的表情，离开了。

---

[1] 泉镜花（1873—1939），小说家，出生于石川县金泽市。本名镜太郎。尾崎红叶门生。代表作有《夜行巡警》《外科室》《高野圣僧》《妇系图》和《歌行灯》等。

我看了看手表,刚过两点。说出来真没出息,一直到后来五点,我怎么也想不起来自己都做了些什么。一定是摆出一副庄重的表情,左右徘徊,忽又对旁边的女职员大喊:今天天气真好啊,尽管是阴天。看到女人吃惊的样子,便狠狠地瞪她一眼,站起身走进厕所。简直像个傻瓜蛋,对吧?五点差七八分时,我出了家门,至今记忆犹新的是,路上我发现自己两手的手指甲长长了,不知为何,这成了我的心事,甚至要哭出来。

花江站在桥边,裙子显得过短,我瞅了一眼她光着的长腿,垂下了眼睛。

"去海边吧。"

花江镇静地说。

我跟在花江五六步远的后面,慢慢地往海边走去。糟糕的是两人的步伐不知不觉竟一致起来。天阴沉沉的,有点儿风,海岸扬起沙尘。

"这里可好呢。"

花江走进停泊在岸上的两艘大渔船之间,然后坐在了沙地上。

"过来呀,坐着就不会被风吹着,很暖和呢。"

花江把双脚伸到前面坐着,我在离她两米开外的地方也坐了下来。

"叫你出来,真对不起,可是我有话要对你说。我存钱的事,你一定觉得奇怪吧?"

我心想时机已到,便用沙哑的声音应道:"是觉得奇怪。"

"也难怪你会这么想,"花江说着,低着头将沙子捧起,撒在光着的脚上,"那些不是我的钱,我要是有钱,才不存银行呢,每次都得存,真麻烦。"

我心中释然,默默地点了点头。

"我说得对吧?那存折是老板娘的。不过你一定得保密,绝不能对任何人说。至于老板娘为什么做那种事,我隐隐约约知道点儿,但是这件事太复杂了,我不想说,其实我也很为难,你相信我吗?"

花江微微一笑,眼睛里闪着亮光,我发现原来那是眼泪。

我多么想吻花江一下啊,心想,要是能和花江在一起,我什么苦都能吃。

"这里的人们都怎么了。我不想让你误会,想跟你解释清楚,所以今天就下决心……"

此时，从附近的小屋分明传来了"叮当叮当"钉铁钉的声音，此时的声音绝不是我的幻觉。在海岸边佐佐木的库房里，确实高扬着钉铁钉的声音，"叮当叮当、叮叮当当"，似乎干得热火朝天。我抖动着身子站了起来。

"知道了，我对谁都不说。"这时，我看见在靠近花江身后的地方，有很多狗粪，真想提醒她一下。

波浪慵懒地起伏着，帆船挂着污秽的帆，摇摇晃晃地贴着岸边驶过。

"那就失礼了。"

一切空空漠漠，存钱什么的，为何要告诉我？原本就是人家的事，管她做了谁的玩偶呢，这与自己毫不相干，真浑！肚子饿了。

打那之后，花江一如既往地一周或十天来存一次钱，现在已存到几千块了吧？不过，我对这丝毫不感兴趣。正像花江说的那样，这些无论是老板娘的钱，还是花江的钱，跟我毫无关系。

那么，要说这到底是哪一方失恋了的话，我总觉得还是说自己失恋了更妥当。只是尽管失恋了，也并不觉得伤心，所以可以说这是个非常奇妙的失恋状态。就这样，我又成了一名迷迷糊糊的普通邮局职员。

进入六月以后,我有事去青森出差,偶然遇到了工人们游行。过去,与其说我对社会运动或是政治运动什么的不太感兴趣,不如说近乎绝望。谁干都一样,并且自己无论参加什么运动,最终都仅仅是领袖们追求名誉和权利的牺牲品。毫无疑虑地高谈阔论自己的信念,吹嘘什么只要跟从我,你自身以及你们的家庭、你们的村庄、你们的国家,不,全世界都能得到拯救,还扬言什么得不到拯救都是因为你们不听老子的话。一旦被名妓彻底甩掉,就破罐子破摔,高调主张废止公娼,愤然殴打起志同道合的美男子,胡闹一阵以后被人厌弃。有时也能偶然得到一枚勋章,便意气风发地冲进自己家门,打开装有勋章的小盒子向老婆炫耀,不料老婆却冷淡地说:哎呀,就值五等勋章啊?至少也应该是个二等什么的吧。弄得这个男人心灰意冷。我认定只有像这种半癫狂的男人才会醉心于什么政治运动和社会运动。因此,今年四月的总选举,虽然叫嚷民主主义啦什么主义的,我向来不能信任这些人,自由党和进步党仍旧是些保守的人,完全不值一提。社会党、共产党又过于出风头,可以说这是乘战败之机沽名钓誉,如同无条件投降这个死尸上涌出的蛆虫,抹消不去肮脏的印象。四月十日投票这天,局长舅舅让我投自由党的加藤，我虽然答应了，却跑到海边散步之后径直回了家。因为我觉得无论怎么叫唤社会问题和政治问题，我们日常生活中的烦恼还是得不到解决。不过，自从那天我在青森偶然遭遇工人游行以后，我发觉自己以前的想法全都是错误的。

可以说是轰轰烈烈吧，这是何等快活的一个游行队伍啊！在我看来，没有一点忧郁的影子和卑微的局促感，只有不断伸展的活力。年轻的女人们也手持小旗，高唱工人之歌，我满腔激情地流出了眼泪。心想：啊，日本战败了真好。我觉得自己有生以来第一次看到了真正的自由，如果这是政治运动和社会运动孕育的孩子，人类就应该首先学习政治思想和社会思想。

看着游行队伍，感觉自己像是终于正确地触到了一条自己应该走的光明之路而为之欣喜若狂，眼泪痛快地流过脸颊。好像潜入水底睁眼看到的那样，周围的景色泛着朦胧的绿色烟霭。荡漾着的薄明中，燃烧着鲜红的旗子。我低声哭泣着，心想死也忘不了这情景、这颜色。每当这时候，我就听到远处传来幽幽的"叮当叮当"声，接着又很快消失了。

这到底是什么声音呢？似乎无法简单地归结为虚无，因为这幻听般的"叮叮当当",就连虚无也能敲碎!

到了夏天,这地方的青年之间就会骤然掀起体育热潮。我或许多少有些年长者的实利主义倾向,看到他们毫无意义地全裸着身子角力相扑,被摔得鼻青脸肿,忽而又换一副面孔比赛谁跑得最快,尽管是些一百米跑二十秒的半斤八两的人,真觉得可笑。我对青年们的那种体育运动,也从未有过参加的愿望。可是今年八月,县城举行了穿越海岸线各村落的长跑接力赛,这里的青年们都踊跃参加,A邮局也成了长跑的中转站。据说从青森出发的选手在这里把接力棒交给下一个选手。上午十时许,预计从青森出发的选手即将到达的时刻,局里的人都跑到外边观看,只剩下我和局长在邮局里整理简易保险的材料。不久便听到"来了,来了"的喊声。我站起来从窗口往外望去,这或许就是所谓的"最后的拼搏"吧,只见那选手张开如同青蛙似的手指,奋力划动两臂,如同划开空气往前跑,样子很奇妙。身上只穿一条短裤,自然是光着脚,高高挺起宽阔的胸脯,痛苦地左右晃动着脑袋,最后东倒西歪地跑到邮局前,"哼唧"一声便栽倒在了地上。

"好样的!尽了努力啦!"陪伴的人喊着,一把抱起他,带到我正观望着的窗户底下,舀着备好的水,往选手身上猛浇。那选手几乎处于半死不活的危险状态，脸色苍白，筋疲力竭地躺着。目睹这情景，不由涌起的一种异样的激动侵袭着我。

"真可怜！"二十六岁的我如果这么说，听起来似乎有些狂妄，或者可以说是招人怜悯吧。不管怎样，如此这般浪费力气，真可谓不同寻常。对于这些人谁得第一，谁得第二，世人大多漠不关心。即便如此，青年们也要豁出性命，做最后的一拼。原本不是企图通过长跑接力赛，实现所谓建设文化国家的理想，也绝非不抱任何理想，只是出于体面而高喊所谓理想跑跑步，以此博得世人的赞扬。甚至连有朝一日成为马拉松选手的野心也不曾有过，他们知道在乡下跑跑步，谈不上什么速度，回到家也不愿向家里人大谈自己的功绩，因为他们担心这样反而会被老子训斥一通。即使这样，他们也要跑，拼命地跑，想尝试一番，并不想获得别人的夸奖，这种行为没有报酬。幼时冒险爬树，是为了摘取柿子吃，而眼前这种舍身忘死的马拉松，连这点欲望都不存在，多半是虚无的热情，这正符合了当时我的那颗空虚的心。

我开始和邮局的同事玩起了投球接球游戏，玩到精疲力尽，才有某种脱皮似的爽快感，当我认为自己找到了这种感觉的时候，必定也能听到那"叮当叮当"声，那声音竟能打碎虚无的热情！

这些日子，那"叮当叮当"的声音越发频繁，当我打开报纸，想一条一条地熟读新宪法的时候，"叮当叮当"；当舅舅邀我商量有关邮局的人事，获得最佳方案的时候，"叮当叮当"；正想读你的小说的时候，"叮当叮当"；日前这里的村落着火，正要起身赶往火灾现场的时候，"叮当叮当"；陪舅舅喝酒吃晚饭，想再稍微添一点的时候，"叮当叮当"；感觉自己几欲发疯的时候，也"叮当叮当"；想到自杀的时候，又"叮当叮当"……

"所谓人生，归结为一句话，应当怎么说呢？"

昨晚，我陪舅舅吃饭喝酒时，用开玩笑的口吻这么问了一句。

"人生，谁知道呢。不过，这世上只有色和欲。"

这真是出乎意料的好答案。于是，我忽然想起做黑市生意了，可是当我想到做黑市交易赚得一万块钱的时候，立刻又响起了"叮当叮当"声。

请您告诉我，这是什么声音？还有，若想逃离这个声音，该怎么办？此时的我，已经被这种声音弄得动弹不得，祈求您给我回信吧。

另外,最后请允许我再附上一句,我在写这封信还未写到一半的时候,已经听到了那剧烈的"叮当叮当"声。写这种信很无聊,尽管如此,我还是强忍着无聊,写了这么多。并且无聊至极,终于自暴自弃,写了满篇的胡话。根本没有什么叫花江的女人,也没见过什么游行队伍,至于其他也都是谎言。

可是,唯有"叮当叮当"似乎不是谎言。我不再从头看一遍,就这么给您寄去了。此致,敬礼。

可悲的是,接到这封稀奇古怪的信函的某作家,竟是个不学无术的男人,他回了这样一封信:

敬复,这个苦恼有些装腔作势吧,对你我并不表示同情。那种十手所指、十目所视、任何辩解都难以成立的丑态,你似乎还在回避。真正的思想与其说需要睿智,不如说需要勇气。马太福音十章二十八写道,"不要害怕杀身而杀不成灵魂的人,应该畏惧那些能够将身体和灵魂同时销毁于地狱的人。"这里的"畏惧"无疑是指"敬畏",如果你感受到耶稣的话犹如晴天霹雳,那你的幻听将会停止。就此搁笔。

维庸之妻

一

一阵慌里慌张的开门声将我吵醒，一定又是那喝得烂醉的丈夫深更半夜回家来了，我没有作声，继续躺着。

丈夫打开隔壁房间的电灯，呼哧呼哧地直喘粗气，像是在寻找什么似的翻弄着桌子和书柜的抽屉，不一会儿"扑通"坐在榻榻米上，随后就只能听见急促的喘息声了。我心里纳闷儿，躺着问丈夫："回来啦，吃饭了吗？碗橱里有饭团呢。"

"唔，谢谢。"丈夫的回答从未这么温柔过，又问道："儿子怎样了？还发烧吗？"

说来这也是稀奇事儿，不知是因为营养不良还是因为丈夫的嗜酒，或是别的什么病毒原因造成的，明年满四岁的儿子，比人家两岁的孩子还显瘦小，就连走路也摇摇晃晃不稳当，说起话来也至多发出"好吃好吃""不要不要"这样的只言片语，真让人担心是否脑子出了问题。我带儿子去公共澡堂洗澡的时候，抱起他那光着的身子，因为瘦得很难看，心里一阵凄凉，不由地在众人面前哭了起来。而且这孩子还经常不是闹肚子就是发烧，丈夫又几乎没有安安生生在家里待过，真不知他心里还有没有孩子。即便我提起孩子发烧的事，他也只会说"啊，是吗，带他去看医生就行了"，便匆匆披上外套出门去了。我虽然想带儿子去医院，可手头没有一文钱，所以就只有睡在儿子身边，默默抚摸他的头。

可是这天夜里不知为什么，丈夫出奇的温存，竟问起孩子的烧退了没有这样的话来，我与其说是高兴，不如说预感到一种恐惧，竟不寒而栗起来。我不知如何作答是好，只好沉默着。之后好一阵儿，就只听得见丈夫急剧的咳嗽声了。

"有人吗？"

这时门口传来了女人纤细的声音。我像是浑身被泼了冷水似的，心里一惊。

"在家吗？大谷先生。"

这下她的语气更尖锐了，同时听到了开门声。

"大谷先生，你在家吧？"

声音显然带着怒气。

丈夫仿佛这时才走到门口，畏畏缩缩而又笨头笨脑地答道:"什么事儿?"

"什么事儿你难道不知道?"女人压低声音,"你有这么像样的房子,还当窃贼。怎么回事?别再捉弄人了,把那个还给我。不然我这就去报警了。"

"你说什么呢,不要无理取闹。这里哪是你们来的地方,回去!否则我可要先控告你们了。"

这时,响起另一个男人的声音。

"先生,好大的胆量。不是你们来的地方?说得好极了!吓得我都说不出话来了。这事不比别的,窃取人家的钱财,我说啊,开玩笑也得有个分寸。迄今为止,我们夫妻俩,因为你吃了多少苦头,这你不是不知道。可你竟干出像今晚那样没心没肺的事来。先生,我可真是看错人了啊。"

"简直是欺诈勒索。"丈夫盛气凌人地叫道,声音在颤抖,"你们在恐吓我,给我回去!有什么话,明天再说。"

"亏你还说得出口,先生你已经是个不折不扣的恶棍了,看来只能求助警察大人了。"

这句话激起我满腔的憎恨,我浑身涌起了鸡皮疙瘩。

"随你的便吧!"丈夫大声尖叫起来,那声音让人感到很无助。

我起身在睡衣上披上外褂,来到门口跟两位客人打招呼:"你们来了。"

"哎呀,是大谷夫人吗?"

男人身穿一件长短到膝盖的短外套,岁数五十开外,圆圆的脸上不带一丝笑意地向我微微点头示意。

那女人则四十岁左右,瘦小身材,穿戴得很整洁得体。

"这么晚了还打搅您。"

女人依旧不带笑容地摘下披肩,向我行了个礼。

就在这时,丈夫忽然穿上木屐想要逃脱。

"怎么,你还想逃?"

男人抓住丈夫的一只胳膊,两人瞬间扭打在一起。

"放开!不然我捅了你。"

丈夫右手挥起亮闪闪的大折刀,这是丈夫的心爱之物,或许丈夫料到迟早会发生这样的事情,就一直将它放在抽屉里。看来刚才丈夫一回到家就在抽屉里翻找出这把刀,揣在怀里了。

趁男人退缩的工夫,丈夫像只大乌鸦,挥动着和服外套的衣袖,跳到外边去了。

"捉贼啊!"

男人大声嚷嚷着,正要追出门外,我光着脚,下到土间,一把抱住了他。

"住手!谁都不能伤着哪儿,过后让我来收拾这场面。"

听到这儿,四十岁的女人从旁插嘴道:"说的是啊,孩子他爹。疯子加刀子,还不知会干出什么事来呢。"

"畜生!一定要报警,哪能容得了这等事。"

男人茫然地望着外面的夜幕,像是在自言自语,可是他已经全身无力了。

"对不住了。请到家里聊聊吧。"

我说着踏上门内的台阶,蹲了下来。

"说不定我能解决这事儿呢,请进来吧,请。就是家里脏了点儿。"

两位客人互相对视以后,微微点头表示同意。然后,那男人转而向我说道:"无论您怎么说,我们主意已定。只是觉得应该向您说明一下事情的来龙去脉。"

"嗯,请进屋说吧,请多待会儿。"

"不不,哪里。待不了多长时间。"

说着,男人就要脱外套。

"别脱了,就这么穿着说吧,很冷的,就这么好。家里可是一点取暖的都没有。"

"那我就不客气了。"

"请吧,那位夫人也请就那样进来吧。"

女人跟着走在前面的男人,进了丈夫六铺席的房间。陈旧的榻榻米,破败的格子窗,剥落的墙壁,露出骨架的纸糊隔门,一边的角落里是桌子和空荡荡的书架,目睹屋里这般荒凉的景象,两人都不禁倒吸了一口凉气。

我让他们两口子坐在破得露出了棉絮的座垫上。

"榻榻米很脏,就将就着,坐这个吧。"

我再次向两人寒暄起来:"初次和二位见面。我家先生以前给你们添了很多麻烦,今晚又不知是怎么回事,干出那种荒唐的事情来,真不知该如何道歉才好。总之,他就是那么个脾气古怪的人。"

我说着说着哽咽起来,再也说不下去了。

"夫人,能冒昧地问一下年龄吗?"

男人毫无顾忌地盘腿坐在破旧的座垫上,胳膊肘支在膝盖上,握紧的手支着下颚,向前倾着上半身问道。

"您是问我的年龄吗?"

"嗯,您先生好像是三十岁吧?"

"是，我比他小四岁。"

"那就是二十……六啦，这太不公平了，才这个年纪啊？倒也是啊，丈夫三十的话，是这个年龄啊，真叫人不敢相信。"

"我刚才就一直打心里佩服。"女人从男人的背后探出脸说，"有这么好的夫人，大谷先生还干那样儿的事，也真是！"

"是病，一种病呀。以前还好，现在越来越厉害了。"

男人说着，深深叹了口气，转而郑重其事地说道："说实话，夫人，我们夫妻俩在中野车站附近经营一家小餐馆，我和她都出生在上州[1]，以前算是个正经做买卖的吧，可以说是贪图享乐吧，不愿跟乡下人做那点儿抠门儿生意，二十年前就带着老婆到东京来了。我们夫妻在浅草的一家饭馆当寄宿雇佣，和大多数人一样吃了不少苦。好歹有了点儿积蓄，就在现在的中野车站附近，那是昭和十一年吧，租了一处六铺席大小另带一个小土间的房子开了家餐馆。地方又脏又小，顾客又净是些一次最多只花一两块钱的人，心里很没有把握。尽管这样，我们夫妻省吃俭用，勤勤恳恳地干活，幸而买进了好些烧酒呀、杜松子酒什么的，所以在后来缺酒

---

1 上野国的别称，今群马县一带。

的年头，我们也不至于像其他饮食店那样被迫改行，勉强可以维持买卖。这样一来，偏爱我们店的顾客更加真心地支援我们，还有人为我们疏通渠道，渐渐运来一些所谓军官们喜欢吃的下酒菜。后来和英美打仗，空袭渐渐多起来，我们因为没有缠手的孩子，也不想去乡下避难，心想只要房子不被火烧掉，就要把这生意做到底。幸好我们平安无事地挨到战争结束，于是又公开做起了倒买倒卖黑市酒的生意。长话短说，总之我们的经历就是这样。只是光这样草草说一遍，你可能以为我们没吃过什么大苦头，属于运气好的那类人。偏偏人的一生就是地狱，所谓善少邪多是真的，道高一尺，魔高一丈。一年三百六十五天，哪怕一天或是半天能无忧无虑地过着就是幸福的。您丈夫大谷先生第一次来我们店的时候是昭和十九年的春天吧。那时候和英美打仗，没有人想过吃败仗，可能也有人意识到了吧，反正我们是不了解实际情况和事情真相什么的，只是以为再坚持两三年，就可以对等的资格同英美媾和了。大谷先生第一次来我们店的时候，好像穿着一件久留米碎白点花纹[1]的上衫和和服式外套，不过这

1　福冈县久留米地方的织布，棉布厚实，多染成藏青色，花纹以白点碎花为特色。江户时代后期，井上传所创。

种装束不光是大谷先生,那年头即便是在东京也很少看到穿防空服的人,大家都穿随意的便服外出,所以我们倒也不觉得那时候的大谷先生衣衫不整。其实,大谷先生已不是单身了,在夫人面前不太好说,不,我还是别隐瞒什么都说出来吧。一个年纪较大的女人带着您先生从店的厨房门偷偷进来。当然我们店每到那个时间就已关上了正面的门,按那时的说法叫作闭门营业,只有少数的老主顾才悄悄地从厨房门进来。他们也不会坐在店里土间的椅子上喝酒,而是在里面六铺席大的屋子里将电灯开得很暗,安安静静地喝,直到喝醉。那个稍稍上了年纪的女人以前在新宿一家酒吧做女招待,那期间她把素质不错的客人带到我们店喝酒,这样他们就成了我们的熟客,这也叫一行知一行吧。那女人的公寓离得很近,新宿的酒吧关闭以后,她也经常带些熟悉的男人来。后来我们店的酒渐渐地少了,再好的客人,喝酒的人多了,对我们来说不但不如以前那么稀罕,反倒有些累赘。不过那之前的四五年里,她带来了许多花钱大手大脚的客人,出于情面,只要是她介绍来的客人,我们都会和颜悦色地递上酒水。所以您先生跟那个年纪稍大的女人,是叫阿秋吧,一起从后面的厨房门悄悄进来的时候,我们也不觉得奇怪,照例让他们进到里间,送上了烧酒。大谷先生那天晚上静静地喝着酒,让那女人付了钱,两人便一起从后门出去。奇妙的是,我怎么也忘不了那天晚上大谷先生喝酒的样子,出奇的安静和儒雅。魔鬼首次出现在人家里的时候,是否都显得那么静谧而纯真,从那天晚上起,我们店就被大谷先生盯上了。约莫过了十天,这回是大谷先生一个人从后门进来,忽然拿出一张一百元的纸币,那时的一百元可是大钱,相当于现在的两三千元甚至更多。他把钱硬塞进我的手心,怯懦地笑着说,请一定收下。那时他已经喝了不少。夫人,这您也不是不知道,没人像他那么能喝酒,你以为他喝醉了,他却突然说起有条有理的话来,喝多少,我们也从未见他走路打晃过。人到三十前后所谓血气方刚,喝起酒来也壮实,可他那样的真少见。那晚他看上去已经在别处喝了很多,可是来我家后,又接连不断喝了十杯烧酒。我们怎么跟他说话,他都一言不发,只是腼腆地笑着,还一边'嗯、嗯'地暧昧地点着头,忽又问起时间来,随即站起身,我要给他找钱,他却说'不、不',我加重语气说'那会很为难的',只见他苦笑着,丢下一句'请暂为保管吧',就回去了。夫人,我们从他那儿拿到钱,这可是头一回也是最后一回啊,那以后,他总是找出种种理由,三年不付我们一分钱,我们的酒都叫他一个人喝得精光,您说有这么不讲理的吗?"

我忍不住扑哧笑了出来,不知为什么就是觉得可笑,连忙捂住嘴,再看一眼那老板娘,只见她也笑得低下头去。

而他的丈夫,更是无可奈何地苦笑说:"本来不是什么好笑的事,因为太离谱了,也真想笑。说来他那么有能耐,要是用在正道儿上,不管是当大臣也好,做博士也好,都没得说。不光是我们夫妻,被他看上后到头来一个子儿不留,喝西北风的还大有人在。其实那个阿秋也因为认识了大谷先生,原来的靠山也走了,身无分文,如今在大杂院的一间肮脏的屋子里过着乞丐般的生活。说实话那个阿秋刚认识大谷先生的时候,对他可痴情了,一个劲儿向我们吹嘘,说什么大谷先生身份显贵,是四国某大名[1]的旁支、大谷男爵的二儿子,现在因为品行不好被逐出了家门,但只要男爵一死,他就可以和长子两人分家产了。据说脑子特聪明,是个天才,二十一岁就写书,比那个叫石川啄木[2]的大天才写得还

---

1 诸侯。江户时代指领有一万石以上的幕府直属武士,根据和将军的亲疏关系分为亲藩、谱代、外样等。
2 石川啄木(1886—1912),明治末期的浪漫派歌人、诗人。岩手县人。代表作有歌集《一握沙》《可悲的玩具》等。

好，随后写了十多本书，年纪轻轻便堪称日本头号诗人。还说是什么大学者呐，从学习院[1]到一高[2]，进而到帝大[3]，什么德语啦法语啦……哎呀，太可怕了，让阿秋说得可神了，不过这些并非全是谎言，就大谷男爵的次子、有名的诗人这一点来说，从别人那里也得到过证实。就连我们家上了年纪的婆子也说什么出身好的人就是不一样，和那个阿秋一样被弄得神魂颠倒，一心盼望着大谷先生来店里，真受不了。如今华族也没什么了不起了，可是直到战争结束前，要想勾引女人，就可以装成被赶出家门的华族子弟，这办法最有效了，女人准上钩，你说怪不怪？用现在流行的话来说，就是所谓的奴性吧。我等之辈，虽说是男人中那种没羞没臊的，可他也不过是个华族而已。哎呀，在夫人面前说这些，真是对不

1　最早源于1847年由仁孝天皇在京都御所内以朝廷贵族为对象设立的教育机关"学习所"。明治维新以后，"学习所"成为华族学校，并于1877年改名为"学习院"。二战前为宫内省管辖，包括初等科、中等科、高等科。二战后，日本废除华族制度，学习院变为私立法人。现皇族子弟大多就读于此。

2　旧制第一高等学校，略称"一高"，为东京大学前身，1949年成为东京大学教养学部的一部分。它也是最早设立的公立旧制高等学校，在当时的东京大学升学率为全国第一。

3　东京帝国大学，现在的东京大学。

住了。他不过是四国大名的旁支，再加上又是个老二，这样的人跟我们身份有什么两样？怎么会低三下四地稳不住自己呢！不过，那先生对我来说也真是不好对付，我曾经下定决心，不管他怎么求我，我都不会再给他酒喝了，可是每当看到他像个被追赶的人，在你出其不意的时候忽然出现在店里，并且来到这里，他好像才安下心来的时候，我们也就动摇了，还是拿酒给他喝。即使醉了，他也不会闹事儿，要是能老老实实付钱的话，还真是个好客人。对于自己的身份，他既不自吹自擂，也不说自己是个天才那样的傻话。而当阿秋从一旁对我们吹嘘他有多伟大的时候，他就会说些'我需要钱，我要付这里的账'之类毫不相干的话，使大家都感觉冷了场。那人至今没付过我们的酒钱，倒是阿秋时不时替他支付。除了阿秋以外，还有一个不便让阿秋知道的保密女人，这人好像是谁家的夫人，有时也和大谷先生一起来，总是替他多垫付一些。我们也是商人，要是没有人帮着付钱，不管是大谷先生也好，皇家贵族也好，我们也不能永远让他白喝呀！可是即使有人有时候付一点，也远远不足他喝的那份，所以我们就净吃亏了。听说先生家在小金井，并且有一位通情达理的夫人，就想登门商量一下酒钱的事儿，我们也问过大谷先生家在哪儿，可他立即察觉到我们的用意，说什么没有就是没有，何必那么斤斤计较、闹翻了是要吃亏的这类令人生气的话。尽管这样，我们还是设法找到先生的家，于是尾随过两三次，可最终还是让他溜了。后来，东京接连不断地遭到大规模空袭，大谷先生竟戴着战斗帽闯进店里，擅自从壁橱里拿出白兰地酒瓶，咕嘟咕嘟地站着喝，随后一阵风走了，也不付钱。后来挨到战争结束，我们终于可以公开地进一些黑市的酒菜，店头挂上新布帘儿，再穷也得撑着啊，为了招徕客人，还雇了个可爱的姑娘，可没想到那个魔鬼先生又出现了。这回不是和女人同来，而是必定带着两三个报社和杂志社记者一起来。记者们谈论些什么军人没落了、往后的世界将是以前过穷日子的诗人受追捧的世界了之类的话题，这时候大谷先生就会跟他们说一些外国人的名字，或是英语啦、哲学啦一些莫名其妙的话，然后就站起身出去了，再没有回来。这时记者们又会一脸扫兴地问'他上哪儿了？我们也该回去了'，说着便收拾起东西来。我连忙劝道'请留步，先生总使这样的花招溜掉，钱必须由你们来付。'于是他们就老老实实凑钱付了款才回去。但也有人怒气冲冲地嚷嚷'让大谷付钱！我们只靠五百元过日子啊！'

有人冲我发怒，我也只能说'别这样，你们知道大谷先生至今赊了多少账吗？无论金额大小，如果你们能从大谷先生那里帮我讨回来，我宁可分你们一半。'听了这话，记者们现出一脸惊讶的表情说'啊？真没想到大谷先生是这种混账男人！今后再也不会和他一起喝酒了。可是今晚我们身上的钱不足一百元，明天一定给您送来，先把这个押在您这儿吧。'说着就急忙要脱外套。世人都说记者品性不好，可和大谷先生比起来要正经爽快多了，要说大谷先生是男爵的老二的话，那些记者可称得上是公爵的老大了。战争结束后，大谷先生的酒量见长，面相也变得可怕起来，还开一些以前不曾开过的极其下流的玩笑。还有，不是冷不防和带来的记者扭打起来，就是神不知鬼不觉地勾搭我们店雇的还不到二十岁的姑娘，这实在想不到，我们也很犯难。可如今到了这个地步，也只好忍了，再三叮嘱那姑娘不要有什么非分的想法，就悄悄把她送回了老家。我对大谷先生说，'别的不想多说什么，就想求您别再来了。'可他却以小人之心威胁说，'你们通过卖黑酒赚大钱，还说人模人样的话，我可是知道得一清二楚啊。'第二天晚上又若无其事地来到店里。可能因为我们从打仗那时候起就卖黑酒，老天才会派这么个怪物来惩罚我们吧。可今晚他居然做出这等恶行,还谈得上什么诗人先生的,分明就是个小偷,谁让他偷走了我们五千元钱呢!现在我们进货要花钱,家里最多放上五百到一千元的现金。不,说真的,挣的钱马上又都用在进的货上了,今晚我们家里之所以有五千元,都是因为快过年了,是我挨家挨户到老主顾那里好容易索要来的。这不,今晚要是不用它来进货的话,明年正月开始就维持不了生意了。我老婆在里间六铺席宽的房间里把这笔钱清点好之后放在了橱柜的抽屉里,那人独自坐在土间椅子上喝酒时看见了,就忽地起身冲进里间,一声不吭地推开我老婆,拉开抽屉,一把抓起五千元纸币塞进外套口袋,趁我们发愣的当儿,迅速地下到土间逃走了。我大喊着和老婆跟在后面追,本想事到如今只当他是个小偷,让过路人一起把他绑起来,可又一想大谷先生毕竟是我们的相知,也不能把事情做得太绝,就不顾一切地跟在后面紧追不舍,生怕他跑了,等到摸清他的归宿,好好谈谈,让他把钱还给我们。唉,我们也是做小本生意的,我们夫妻齐心协力,终于在今晚找到了他这个家,按捺住忍无可忍的怒火,好言好语劝说他还钱,天知道他竟拿出刀子,说什么要捅了我们,唉!真是岂有此理。"

一种莫名其妙的滑稽劲儿又涌了上来,我禁不住笑出声来。老板娘也红着脸笑了一下。我止不住地笑,虽对不住老板,但还是觉得出奇的可笑,以至于不停地笑,笑得眼泪都流了出来。我突然想到,丈夫诗中吟诵的"文明之果是大笑"就是指现在的这种心情吧。

二

不过这并非大笑一番就能解决的事儿。我考虑之后,当晚对着他们两人说:"我会想办法处理这件事的,报警的事儿就再缓一天吧,明天我去府上拜访。"于是,打听好中野店铺的详细地址之后,硬是请求两位暂且打道回府了。后来,我坐在冰冷的里间中央独自牵挂起来,可也没想出什么好主意,起身脱下外套,钻进正睡着的孩子的被窝里,轻抚着他的头,心想要是黎明永远地、永远地不要来到就好了。

我父亲原先在浅草公园的瓢箪池边摆摊卖关东煮,母亲死得早,我与父亲两人住在大杂院里,小吃摊也是我们父女俩一起经营的。那时候,现在的丈夫时不时光顾小吃摊,我逐渐瞒着父亲开始和他约会,随后有了孩子,折腾了一阵子之后,我姑且成了他的妻子,因为没有登记结婚,儿子就成了私生子。丈夫一出门三四个晚上,不,有时甚至是一个月都不回家,也不知道他在哪儿,干了些什么,每次回来时都喝得酩酊大醉,脸色苍白,艰难地喘着气,默默地看着我,扑簌簌地掉眼泪,忽而钻进我的被窝,紧紧地抱住我说:"啊,我不行了,可怕、真可怕。我好害怕呀!救救我吧!"

他边说边瑟瑟发抖,睡着了也哼哼唧唧说梦话,第二天早上就像丢了魂似的恍恍惚惚,不知不觉猝然不见了,一走就是三四天。有两三个在出版社工作的丈夫的旧知,因为担心我和孩子的生活,时常送些钱过来,我们这才活到今天,没有饿死。

我渐渐犯起困来,猛然睁开眼睛的时候,发现朝阳透过遮雨窗的缝隙射了进来。我起身穿戴好之后背起孩子,出了家门,只觉得再也无法默默地在家里待下去了。

漫无目的地走到车站,我在站前的小摊儿上买了块糖让孩子含着,忽然想起什么,就买了张去吉祥寺的车票,坐上电车,一边抓着吊环,一边漫不经心地看着车顶挂着的海报,发现上面有丈夫的名字。丈夫像是在这本杂志上发表了一篇题为《弗朗索瓦·维庸》[1]的长篇论文。我看着弗朗索瓦·维庸这个标题和丈夫的名字,不由心里一阵酸楚,涌出了眼泪,海报也模模糊糊地看不清楚了。

在吉祥寺下了车后,便去井头公园走了走。真不知隔了多少年才又来到这里了,池边的杉树被砍得精光,好像要进行新的施工,光秃秃的,让人觉得心寒。总之这里的光景和从前大不一样了。

我把背上的孩子放下,两人并排坐在池边破旧的长凳上,拿出从家里带来的红薯喂给孩子吃。

"儿子,你看多么美的池塘!以前哪,这池子里有好多鲤鱼和金鱼呢,好多好多,可现在什么也没有了,真没意思啊。"

儿子不知在想些什么,嘴里塞满了红薯,莫名其妙地咯咯笑着。尽管是自己的儿子,我还是觉得他傻得出奇。

---

1 弗朗索瓦·维庸(François Villon,1431—约1463),法国中世纪末期诗人,近代诗的先驱。一生多次经历逃亡、入狱、流浪,诗歌充满悔恨、嘲笑、愤怒与祈愿等感情色彩。代表诗集有《遗嘱集》等。

心想在池边的凳子上一直坐下去,也解决不了任何问题,于是我又背起儿子,溜达着折回吉祥寺车站,在热闹的露天商店街逛了一圈之后,便买了张去中野的车票,心里既没经过深思熟虑也没有任何计划,仿佛陷入了可怕的魔法似的深渊。我坐上电车来到中野,按照店主昨天告诉我的路径,终于找到了那对夫妇经营的小餐馆。

大门紧闭着,我就绕到后面的厨房门进入了店里。老板不在,只有老板娘一个人在打扫屋子,一见到老板娘,我就随口撒起谎来,那种流利的语调,连我自己都不曾想到。

"喂!阿姨,钱我全部能还清了。不在今晚就在明天,反正是有希望的,请别再担心了。"

"啊?哎呀,那真是太感谢了。"

老板娘面带喜色地说着,可还是流露出困惑不安的神色。

"阿姨,我说的是真话,一定会有人送钱来的,在那之前,我就作为人质一直留在这儿,这样您就放心了吧?在钱送来之前,您就让我在店里帮忙干活吧。"

我把背上的儿子放下,让他独自去六铺席宽的里间玩儿,便手脚不停地干起活来。儿子本来就习惯了一个人玩儿,一点儿都不闹,可能因为脑子不好,也不认生,冲着老板娘直笑。我替老板娘去领配给物资外出的时候,他就拿着老板娘给的美国罐头的空罐儿当玩具,又敲又打,乖乖地在里间的旮旯角玩儿。

中午时分,老板进了些鱼和蔬菜回来,我一见到老板,便忙不迭地重复起对老板娘撒的谎言。

老板显出怅然若失的神色,说道:"哦?不过我说夫人,钱这玩意儿,不到自己亲手攥着的时候是不好说的。"

口气出乎意外的冷静,像是在教训人。

"不,这的确是真的,所以你就相信我吧,等过了今天您再去报警好吗?那之前我都会在店里帮忙干活的。"

"只要钱能回来,什么都好说。"老板像是在自言自语,"反正今年也只剩下五六天了。"

"是呀,所以,所以我……哎呀,来客人了。欢迎光临。"我朝着进了店的三个手艺人模样的客人微笑着,然后小声说道,"阿姨,不好意思,借我围裙用一下。"

"哟,雇了个美人,好家伙。"

一位客人这么说道。

"别勾引人家啊。"老板并不像是在开玩笑,"这身子可是要花钱的。"

"价值一百万美元的名马吗?"

另一位客人说着低俗的打趣话。

"再有名的马,母的也就值一半的钱。"

我温着酒,不甘示弱地用同样低俗的话回答。

"别那么谦虚,往后的日本,不管是马也好,狗也好,都要男女同权了,"最年轻的客人像是在骂骂咧咧,"这位大姐我喜欢,一见钟情啊,不过,你是不是已经有孩子了?"

"不。"老板娘抱着儿子从里边出来,"这是我们从亲戚那儿领来的孩子,这回,我们到底后继有人了。"

"钱也到手了。"

其中一个客人嘲弄道。听到这儿,老板马上严肃起来,嘟囔说:"又是美色,又是借款。"然后突然语气一转,问客人道,"来点儿什么?给你们做个什锦火锅吧?"

我这时才明白过来,心里暗自有了主意,但还是不露声色地把酒壶端给了客人。

那时正是圣诞节的前一天晚上,或许是因为这一点,客人络绎不绝。我从早上开始几乎是滴水未进,满心装着心事儿,老板娘让我吃点儿东西,我也推托说很饱,只是一个劲儿地干活,像身着羽衣,翩翩起舞那样自如,也许说得很自负,那天店里热闹非凡,不止两三个客人争相询问我的名字,要和我握手。

可是,这样一来又会怎样呢?我心里丝毫没底儿,只是一味地笑着,附和着客人的玩笑,甚至应酬着更低俗的玩笑话儿,在客人之间来回斟酒。渐渐地,只觉着自己的身子骨要是能像冰淇淋一样融化消失就好了。

在这个世界上,奇迹偶尔也会出现。

大概刚过九点吧,头戴圣诞节三角帽,像罗宾[1]那样用黑色面具遮着上半边脸的男人和一个三十四五岁的瘦削、漂亮的夫人出现了。男的背对着我们,坐在外间角落的椅子上。那男人刚进店门的时候,我立刻就认出他是谁了,他就是我那当了小偷的丈夫。

他们好像全然没有注意到我,我也装作没发现他们,照样和客人们打闹、嬉笑。不一会儿,那夫人和丈夫面对面坐下,喊道:"小姐,过来一下。"

"哎,这就来。"

---

1 亚森·罗宾(Arsène Lupin),法国作家莫理斯·勒布朗(Maurice Leblanc,1864—1941)笔下的怪盗。他头脑敏锐、风流倜傥,常常乔装打扮,盗窃富人财产以救济穷人,因此有"侠盗""怪盗"之称。

我应声答道,于是来到两人的桌子跟前,"欢迎光临,来点儿酒吗?"

说到这儿,丈夫从面具底下看了我一眼,果然惊讶不已。我轻轻地抚摸着他的肩,说:"圣诞节是说'恭喜圣诞'?还是该怎么说?您还能再喝下一升酒吧?"

那位夫人没有接我的话茬儿,一本正经地说道:"这位小姐,不好意思,我们想跟店老板谈点儿私事儿,您能不能把他叫过来?"

我走到正在里面炸东西的老板跟前,说:"大谷来了,您去见见他吧,不过,不要对那个一起来的女人提起我的事,免得大谷觉得丢人现眼。"

"他终于来了啊。"

老板对我的那个谎言虽然半信半疑,但似乎还是很信赖我,仿佛觉得丈夫的到来和我的斡旋有着某种关系。

"可不要提我的事呀。"

我再次提醒道。

"你觉得这样好的话,就这么办吧。"

老板爽快地答应了我的请求,朝外间走去。

他在环视了外间的客人之后,便径直走到丈夫的餐桌前,和那个漂亮的夫人三言两语交谈了几句之后,三人便一起走出了店门。

不知为何,我相信这下可好了,万事可以解决了,心里到底高兴,猛然用劲抓住一位身穿藏青色碎白点花纹衣服、年龄还不到二十岁的年轻客人的手腕,说道:"喝吧,来,一起喝吧,现在可是圣诞节呀!"

三

仅仅过了三十分钟,不,好像更早一些,店老板独自一人回来了,快得让人纳闷儿。老板走近我,说:"夫人,谢谢了。钱全部还给我了。"

"是吗?太好了。全还了?"

店老板笑得有些不自然。

"嗯,就还了昨天的那部分。"

"到今天为止,一共有多少?说个大概吧,您尽量少算点儿。"

"两万元。"

"就这些吗?"

"我少算了很多。"

"我来还您。大叔,从明天开始,就让我在这儿干活吧,行吗?求您了,让我干活还债吧。"

"哎?夫人,好一个'阿轻'[1]啊!"

我们一齐笑出声来。

当晚十点多钟,我告辞了中野的店铺,背着儿子,回到了小金井的家中。不出所料,丈夫还是没回家,可我觉得无所谓,明天去那家店,或许又能见到丈夫。我以前为什么没想到这么好的办法呢?到昨天为止,我吃的这许多苦,都是因为脑子笨,没想到有这么个好主意。我从前在浅草父亲的小摊儿上帮忙的时候,接客绝不笨拙,今后在中野的店里也一定能干得很出色,光是今天晚上,我就挣得了将近五百元的小费呢。

据店老板说,丈夫昨晚去了某个熟人家住了一宿,今天

---

1 阿轻,以元禄赤穗事件为题材的人形净琉璃及歌舞伎剧目《假名手本忠臣藏》里的人物,与市兵卫女,早野勘平妻,为丈夫筹钱而卖身祇园妓楼,后因偷看由良之助的密信,为兄平右卫门所杀。

一早,就对那个漂亮夫人经营的京桥的酒吧发起了攻势,从一早儿就喝起了威士忌,还说是什么圣诞节礼物,给了店里干活的五个女孩子很多钱。到了中午,他叫了一辆出租车不知去了哪里,不久拿来了圣诞节三角帽、面具、彩色蛋糕和火鸡什么的,又让人打电话招集来很多熟人,开起了宴会。因为平时他总说身无分文,酒吧的老板娘便起了疑心,追问了一下,于是丈夫毫不介意地把昨晚发生的事一五一十地说了出来。那个老板娘以前就和大谷关系很好,说要是这事闹到警察局就不好办了,好心劝说这钱一定得还,就让丈夫领路,来到中野的店里,替丈夫还了钱。中野的店老板对我说:"我猜大致也会这样,不过,我说夫人,多亏你想出这么个主意,你是托了大谷先生的朋友吗?"

那口气仿佛是说,我早已料到会是这样,便抢先一步在店里等着的。于是我笑着答道:"哎,是啊。"

自第二天开始,我的生活焕然一新,心中充满快乐。我去理发店修整了头发,还买了一些化妆品,重新改作了和服,又从老板娘那里得到两双新布袜。仿佛此前心中的苦闷都被拭去得一干二净。

早晨起来和儿子两人吃了早饭,做好便当,背着儿子，就去中野上班。除夕和新年是店里最繁忙的季节，"椿屋的阿幸"，是我在店里的名字，这个阿幸每天忙得晕头转向。丈夫每两天就来店里喝一次酒，总让我付钱，随即倏忽不见了踪影，夜深时分，又来店里张望着悄悄对我说："回家吧。"

我点点头，开始收拾东西，然后就欢欢喜喜地结伴回家，这已成了常有的事。

"为什么我们不一开始就这样呢？我好幸福呢。"

"女人没有什么幸福不幸福的。"

"是吗？你这么一说，我倒也觉得是这样。那男人怎样呢？"

"男人只有不幸，时刻在与恐怖做斗争。"

"我不明白。可我希望就这么活下去，椿屋的大叔、阿姨都是好人。"

"傻瓜，那些都是乡下人。别信他们，很贪心呢，让我喝酒，最后就是想赚我的钱。"

"人家也是做生意嘛，理所当然啦。不过，也不止这个吧？你勾搭过那个老板娘吧？"

"都是过去的事了，怎么？老板发觉了？"

"他好像都知道呢,还曾叹着气说,你又会搞女人,又会欠人钱呢。"

"我呀,看起来装模作样的,其实特别想死。从我出生时候起,就净想着死,为了大家,还是死了好,这一定没有错。可又总死不了,有一个奇怪又可怕的神灵似的东西硬是阻止我去死。"

"因为你有工作要做。"

"工作算不得什么,也没有什么杰作和拙作之分。人说好就会好,人说不好,就怎么都不好。就好像呼出的气和吸进的气一样。可怕的是,这世上确有神灵存在。真的是有神灵存在吧?"

"哦?"

"有吧?"

"我可不知道。"

"是嘛。"

我在椿屋干了十天二十天后,发现来喝酒的客人无一例外全都是罪犯。丈夫还算是好的呢。并且不光是店里的客人,感觉就连走路的人,背后也一定隐藏着见不得人的罪孽。有一位穿戴很华贵、年纪五十上下的夫人,来店的厨房门口售酒。她说得很清楚，一升三百元，这和现在的市价比起来要便宜，于是，老板娘当即就买下了，谁知是掺了水的假酒。如此这般高雅的夫人，居然也动这样的坏脑筋，看来在这样的世道生存下去，一点儿不昧良心是不可能的。就好比玩扑克牌，聚集所有负数而变成了正数，这种情况难道就不会发生在这个社会的道德之中吗？

如果真有神灵存在，就请你出来吧！将要过完新年的某一天，我被这店里的客人玷污了。

那天夜里，下着雨。丈夫没有来店里，倒是丈夫以前认识的出版社的，就是那个偶尔给我们送些生活费的矢岛先生和一个与他年龄相仿的四十左右的同事，一起来到店里。两人边喝酒，边大声地半开玩笑似的谈论起什么大谷的老婆适不适合在这样的地方干活之类的话。我笑着问："那位夫人现在在哪儿？"

矢岛先生回答说："不知道在哪儿，至少她比椿屋的阿幸漂亮、有气质吧。"

"真让人嫉妒，像大谷先生那样的人，哪怕只一个晚上，我也想和他共度。我就喜欢像他那样狡猾的人。"

"你瞧瞧。"

矢岛先生把脸转向同来的人，撇了撇嘴。

那时候，我是诗人大谷的老婆这件事，和丈夫同来的记者都知道。并且听了他们的传闻，特意前来戏弄我的好事者也不乏其人，这样一来，店里越来越热闹，老板的兴致也越来越好了。

那天晚上，矢岛先生等人商谈了一些关于纸张的黑市交易，回去时已经十点多了，我也因为外面下着雨，心想丈夫不会来店里了，虽然店里还有一个顾客，我还是收拾起东西，将睡在里间墙角的儿子抱起来背在背上，向老板娘小声说道："又要借用一下您的伞了。"

"我也有伞，送你一程吧。"

这时唯一留在店里的那位顾客起身认真地说道。这人二十五六岁，瘦小个儿，像个工人，我是头一回在店里见到他。

"多谢您了，可我习惯一个人走路。"

"不，我知道你家很远，我也住在小金井附近，让我送你吧。大妈，结账。"

他在店里只喝了三瓶，看上去不像喝得很醉的样子。

我们一起乘上电车，在小金井下了车，然后合打一把伞，在飘着雨的漆黑的路上并排走着。那个年轻人起初几乎默默无语，渐渐开始发话了："我认识你们。我是大谷先生的诗迷，我啊，也在写诗，还想什么时候请大谷先生指教一下呢。可总是很怕大谷先生。"

到家了。

"谢谢您了。有机会店里见吧。"

"啊，再见。"

年轻人冒着雨回去了。

深夜，我被嘎啦嘎啦的开大门的声音吵醒，我以为又是丈夫喝醉酒回来了，便默不作声地继续睡着，这时，传来了一个男人的声音："开门啊，大谷夫人，请开开门。"

我起身打开电灯，来到大门一看，原来是刚才的那个年轻人，他摇摇晃晃，几乎站不稳脚。

"夫人，对不起。回去时又在摊儿上喝了点儿，其实我家在立川，去车站时已经没车了，夫人，求您了，留我住一宿吧，被子什么的都不要，这大门口的地板台阶就行，您就让我在这儿打个盹儿吧，我准备明天一早赶头班车回去。要不是下雨，我就睡在屋檐下了，可这么大的雨，实在没法子，求您了。"

"我丈夫不在家,要是这门口的地板也行的话,就请便吧。"

我说着,将两个破旧的座垫拿到门口,递给了他。

"对不起,啊,真是喝醉了。"

他痛苦地小声说着,便立刻在门口的地板上躺下了。当我回到寝室的时候,已经能听到他响亮的鼾声了。

就这样,第二天凌晨,我轻而易举地落入了那个男人的手中。

那天我装作什么都没发生,照样背着孩子去那家店干活。

中野的店里,丈夫将盛有酒的杯子放在桌上,独自看着报。中午的阳光射在杯子上,甚是好看。

"其他人都不在?"

丈夫回过头来,看着我说:"嗯,老板进货去了,还没回来,老板娘刚才好像还在厨房呢,没在吗?"

"你昨晚没来啊?"

"来了啊,这阵儿见不到椿屋的阿幸就睡不着觉呢,于是十点多钟过来看了看,说你刚刚走呐。"

"后来呢?"

"就在这儿住了一宿。雨又下得特别大。"

"从今以后,我也一直住在店里吧。"

"那倒也好。"

"那就这么定了,一直租着那个房子也毫无意义。"

丈夫沉默着又将视线投向报纸。

"哎呀,又在说我的坏话,说我是享乐主义的假贵族,可这家伙没说对,应该说是畏惧神灵的享乐主义就对了。阿幸你看,这里说我是人面兽心,不对吧,我现在可以告诉你了,去年年底,我从这里拿走了五千元钱,那是因为我要让阿幸和儿子用这五千元钱好好儿地过一个新年。正因为不是人面兽心,我才能够做到这一点。"

我并不感到特别高兴,回应道:"即使人面兽心又能怎样呢?我们只要活着就行了。"

阿

珊

一

　　丈夫像丢了魂似的,轻手轻脚地迈步出了大门。晚饭后,我正在厨房收拾碗筷,似乎察觉到了什么,顿觉脊梁骨凉飕飕的,心里一阵难过,几乎打坏了盘子。我不由得叹了口气,稍稍直起身子,从厨房的格子窗往外看。只见丈夫身穿一件洗得褪了色的白和服,腰间缠着多重细腰带,沿着弯曲的爬满南瓜蔓子的篱笆,漂浮般地走在夏天的暮色中,那背影就像一个并非活在现世的幽灵,既冷漠又无情。

　　"爸爸呢?"

　　正在院子里玩耍的七岁的大女儿,用厨房门口的水桶一边洗着脚,一边天真地问我。这孩子比起母亲来,更仰慕父亲,每天晚上都在六铺席的房间里和父亲并排铺着被褥,睡在一顶蚊帐里。

　　"去寺庙了。"

　　我随口敷衍了一句,可是说出口以后,才发觉是一句颇不吉利的话，身子直发冷。

"去寺庙做什么呀？"

"盂兰盆节啊，所以爸爸上寺庙拜佛去了。"

谎言出乎意料地流畅。不过，那天正是盂兰盆节中的十三日。人家孩子都穿着漂亮的和服，来到家门口，得意洋洋地翩翩舞动着长长的衣袖玩耍，而我们家的孩子们，因为像样点儿的和服都在战争中烧毁了，所以即使是盂兰盆节，也只能穿着和平时一样的粗劣的洋服了。

"是吗？会不会早点儿回来呢？"

"是呀，不知道呢。雅子要是乖的话，也许能早点儿回来呢。"

我虽然这么说，可看他那样子，今晚一定又在外面过夜了。

雅子进了厨房，然后走到三张铺席房间的窗户边坐下了，寂寞地望着外面嘟囔道："妈妈，雅子的豆儿开花了。"

听到这儿，我心里觉得可怜，含着泪应道："让我看看，啊，真的！马上就要结很多豆儿呢。"

大门旁边有一块三十多平方米的田地，以前我在那里种了各种各样的蔬菜，后来有了三个孩子，就顾不上地里的活儿了。加上过去丈夫还帮我干点农活儿,可近来完全不管家里的事。隔壁邻居的地,人家丈夫打理得规规整整,长出了各种喜人的蔬菜,而相比之下,我们家地里只生长杂草,实在觉得难为情。雅子把配给的一粒豆儿埋在土里,浇上水,豆儿冒出了芽,这对于没有玩具的雅子来说是唯一可以自豪的财产了。去隔壁邻居家玩儿的时候,她也总是"我家的豆儿,我家的豆儿",炫耀个没完,不觉得难为情。

落魄。萧条。不,这在当今的日本,已经不仅限于我们了。尤其住在这东京的人们,处处萎靡不振,失去了活力,疲惫不堪地缓缓转悠着。我们的家产也全部烧毁了,每每感到身世的凄凉。可是,作为人妻现在感到最痛苦的不是这些,而是这世上还有比这更为紧迫的,比什么都痛苦的事情。

我丈夫在神田一家有名的杂志社工作了将近十年,八年之前和我经过平凡的相亲后结婚了。从那时起,东京的租借房就已经很少了,我们最终租到了中央线沿线、位于郊外农田里这幢狭小的独门独院的房子,我们住在这儿直到大战结束。

丈夫因身体孱弱,免于应征入伍,每天平安无事地到杂志社上班。战争越来越激烈,我们居住的这座郊外的小城,由于有飞机制造厂，离家很近的地方，频频飞来炸弹。终于有一天夜里，炸弹落在屋后的竹丛里，于是厨房、厕所和小房间都被炸得稀烂，全家四口人（那时候，除了雅子，长子义太郎也出世了）无法在破房子里住下去了，于是我和两个孩子被疏散到我的故乡青森，丈夫继续住在几乎坍塌的房屋里，依旧到杂志社上班。

我们到青森市不到四个月，青森市也因遭到空袭而全被烧毁，千辛万苦搬到青森市的所有行李也都烧光了。我们只穿着仅有的随身衣服，一副悲惨的样子，跑到青森市没有被烧毁的亲友家里，每天茫然不知所措，像是活在地狱之中。就这样，在人家家里住了十天左右，迎来了日本无条件投降的日子。我怀念起丈夫所在的东京，带着两个孩子，像个乞丐似的回到了东京，因为没有其他地方可住，就托木匠把破烂的房子大致修整了一下，重新过上了先前一家四口团聚的日子。可是就在稍稍松口气的当儿，丈夫却发生了变化。

杂志社遭到破坏，加上社里的董事之间因资金问题闹纠纷，杂志社宣告解散，丈夫突然间成了失业者。幸亏丈夫在杂志社工作时间长，有很多熟人，于是就和其中有实力的人共同出资，新开了一家出版社，出版了两三种书。可是因纸张购入方法不当，亏损甚多，丈夫也因此欠了很多债务，为了收拾这堆烂摊子，每天早出晚归，弄得疲惫不堪。他本来就是个寡言少语的人，从那以后，越发缄默无言了。后来，出版社的亏损终于有了填补的眉目，而丈夫完全失去了工作的劲头。不过，他也不是整天待在屋子里，有时又像在思考什么，呆呆地站在走廊上一边抽烟，一边久久地凝望着远处的地平线。啊，又来啦！每到这时，我总是提心吊胆。而丈夫却像突然想起什么，深深地叹息，将抽了一半的香烟扔向院子，然后从抽屉里取出钱包揣进怀里，便像那个失魂落魄的人一样，蹑手蹑脚，偷偷溜出大门，当晚大体上是不回家的。

丈夫是个好丈夫，脾气也好。要说喝酒，日本酒最多能喝一合，啤酒也不超过一瓶，虽然也抽烟，但那只是配给的香烟过过瘾罢了。结婚快十年了，这期间丈夫从未打过我，也没用脏话骂过我。唯独有一次，有客人来找丈夫的时候，雅子那时刚三岁，爬到客人那里，把客人的茶杯打翻了，丈夫当时叫我，我在厨房"啪嗒啪嗒"扇炉子没有听见，丈夫见没有回音，就紧绷着脸，抱着雅子来到厨房，将雅子放到地板上，用一种杀气腾腾的眼光瞪着我，伫立良久，一句话都不说。接着，他一下子转过身去，背对着我走向房间，猛地把隔扇门拉上,那声音特别大,甚至震动了我的骨髓,我开始感受到男人的可怕。不过记忆里,丈夫向我发怒只有这么一回。战争期间,我也吃过很多常人吃的苦,即便如此,想想丈夫的温情,我还是要说这八年我是幸福的。

(他不久变成了怪人。那事儿是从什么时候开始的呢?从疏散的青森回来,相隔四个月后和丈夫见面时,丈夫的笑容显得很卑屈,神色惴惴不安,像是在回避我的视线。我只觉得那是因为一个人生活多有不便,所以才变得如此憔悴,心里不免有些心疼。或许在这四个月里,啊,不能再想了,越想越会深深陷入痛苦的泥沼。)

明知丈夫不回来,但我还是把他的被褥和雅子的铺在一起,然后支起蚊帐。心里很伤感,很痛苦。

二

第二天不到中午光景,我在大门旁的井边,给今年春天刚出生的二女儿淑子洗尿布,丈夫一副小偷怕人见到似的神情，鬼鬼祟祟地走来，看到我默默低下头，跌跌撞撞地进了大门。作为妻子，发现丈夫见到自己还要低头，心里很不是滋味。想必丈夫也很苦吧，想着想着，再也不能继续洗衣服了，于是起身尾随丈夫进了家。

"很热吧？把衣服脱了怎么样？今天早上有盂兰盆特别照顾商品的配给，发给了我们两瓶啤酒，我把它冰上了，你喝吗？"

"好家伙，真厉害。"

丈夫声音沙哑，接着说："和妈妈一人喝一瓶吧。"

他笨拙地说了些献殷勤的话。

"我陪你喝。"

我死去的父亲是海量，可能因为这一点，我甚至比丈夫还能喝。刚结婚的时候，和丈夫俩走在新宿，看到关东煮的店便走了进去。喝酒的时候，丈夫顿时满脸通红，不省人事，而我一点儿没事，不知为什么，只稍稍感觉耳鸣。

小房间里，孩子们吃着饭，丈夫光着身子，肩上搭着一块湿毛巾，喝着啤酒，我陪他喝了一杯，觉得有点可惜就止住了，抱起二女儿淑子，给她喂奶。表面上是一幅和平的家庭团圆图，可还是疙疙瘩瘩，丈夫依旧回避我的视线，而我呢，为了尽量不触到丈夫的痛处，细心地挑着话茬儿，即便这样也总谈不到一起去。女儿雅子和长男义太郎似乎敏感地察觉到了父母此时的心境，乖乖地吃着代用食品甘素红茶泡馒头。

"白天的酒，容易醉人啊。"

"啊，真的，满身通红呢。"

这时我瞥了一眼丈夫，只见他的下巴底下粘着一个紫色的飞蛾，不，那不是飞蛾，因为我记得刚结婚的时候，也曾发现过。当我一眼瞥到那形状像飞蛾的青斑时，不禁一惊，几乎同时，丈夫也发现我注意到了，惊慌失措，连忙笨拙地用搭在肩上的湿毛巾的一角遮住了被咬的痕迹，后来我才知道那湿毛巾从一开始就是为遮掩"飞蛾"预先搭在肩膀上的，尽管如此，我还是佯装不知，努力开着玩笑："雅子和爸爸在一起，馒头也变好吃了呀。"

这话听起来仿佛在嘲笑丈夫，反倒冷了场，就在我的痛苦达到极点的时候，突然从隔壁传来了收音机里播放的法国国歌，丈夫侧耳倾听了片刻之后，自言自语道："啊，对了，今天是巴黎祭典呐。"

他说着微微一笑，然后像是一半在说给我，一半在说给雅子听似的：“七月十四号，这一天哪，革命……”

刚开了个头，话就说不下去了，只见丈夫扭曲着嘴，眼里闪着泪光，强忍着不哭出来，接着，声音哽噎地说：“攻占巴士底狱的时候，民众从四面八方响应革命，从此，法国'春日高楼花之宴'[1]就永远地、永远地消失了。但是必须加以破坏，尽管明白永远无法重建新秩序、新道德，但还是应该进行破坏。听说孙文留下一句'革命尚未成功'，便溘然长逝。的确革命可能永远成功不了，但是仍要掀起革命，革命的本质就是如此悲壮、美好。你问这么做到底为着什么，就是为了悲壮、美好，还有爱……"

法国国歌还在继续响着，丈夫边说边哭，然后害羞地勉强笑道：“哎呀，爸爸好像是个醉后爱哭的人呢。”

说着把脸扭过去，站起身，到厨房洗了把脸，说：“实在不成，喝多了，为法国革命落起泪来。我睡会儿去啊。”

接着丈夫走进大房间，其后便悄然无声，一定是在因忧心而黯然哭泣吧。

---

[1] 歌曲《荒城之月》里的开头部分的歌词。土井晚翠作词、泷廉太郎作曲。明治三十四年（1901）编入东京音乐学校《中学唱歌》而刊行。第一段歌词为："春日高楼花之宴，觥筹交错欢笑声，千代松枝浮月影，昔日光彩何处寻。"诗情优美哀婉，吊古伤今，表达了作者对往昔的追念。

丈夫不是为革命哭泣，不过或许法国革命非常类似于家庭的恋爱，为了对悲哀和美的追求，必须打倒法国罗曼王朝与和平的家庭，这种痛苦，也就是丈夫的痛苦，我虽然很能理解，可我也是在恋着丈夫啊，虽然不是昔日那个纸治[1]的阿珊，发出什么

  妻子的怀里住着鬼呢，

  啊啊，

  还是住着蛇？

之类的悲叹，带着一副和革命思想以及破坏思想毫不相干的表情听之任之。于是妻子一个人被撇下，永远待在相同的地方，以相同的姿势寂寞地叹息着，这到底是怎么一回事呢？把命运寄托给上天，难道为了祈祷丈夫的情感风向有朝一日转向自己，就得一味隐忍吗？我有三个孩子啊，为了孩子，当下也不能和丈夫分手啊。

---

  1 纸治，人形净琉璃《心中天网岛》里的主人公屋治兵卫的略称。作品描写经营造纸的治兵卫在经历了和贞节的妻子阿珊、游女小春之间的情感纠葛后，遂于网岛的大长寺与小春情死的故事。

丈夫连续两晚夜不归家，就会回来住一宿。吃了晚饭，丈夫和孩子们在廊道里玩儿，竟也对孩子们说些卑屈的恭维话，粗笨地抱起刚出生的小女儿夸奖道："好胖哇，长得好漂亮啊。"

"可爱吧？看见孩子，难道不想长寿吗？"

当我无意中说出这话时，丈夫突然变得神情微妙，痛苦地回答："嗯。"

我听了直冒冷汗。

在家过夜的时候，丈夫一般八点就在大房间铺上自己和雅子的被褥，吊起蚊帐，即使孩子还想再和爸爸玩上一会儿，他也会强迫孩子脱去衣服，换上睡衣睡觉，自己关上电灯，静躺下来。

我在隔壁房间张罗儿子和小女儿就寝以后，做针线活直到十一点，然后支起蚊帐，夹在孩子们中间构成"小"字形而非"川"字形的姿势睡去。

我久久难以成眠，隔壁的丈夫好像也没睡着，听见他在叹息。我不由得叹着气，同时想起了那充满哀怨的诗歌：

　　妻子的怀里住着鬼呢，

啊啊,

还是住着蛇?

这时丈夫起身来到我的房间,对僵硬着身体的我说:"哎,有没有催眠药?"

"有是有,可我昨晚吃了,一点不起作用。"

"吃多了反而不起作用,吃六颗正好。"

那声音似乎有些不高兴。

三

暑气一连持续了很多天,我因为炎热和忧心,吃不下饭,颧骨日渐突起,喂孩子的奶也枯竭了。丈夫也茶饭不进,眼窝深凹,放射着可怕的光,有时突然哼哼着像是在自我嘲弄地说:"干脆发一阵疯,或许好受点儿。"

"我也一样。"

"掌握真理的人是不会痛苦的。我从心底佩服的是为什么你们那么老实、守本分。生在这世上的人,有的为了出色地活完一生,有的就不是,这两种人是否从一开始就分得很清楚呢?"

"不,我们这样的人很迟钝,只是……"

"只是?"

丈夫用俨然疯子一般的怪异眼神看着我的脸。我支支吾吾,心想:啊,不能说,具体的事情太可怕了,怎能说得出口?

"只是,要是你痛苦的话,我也很痛苦。"

"原来是这样,真没意思。"丈夫像是放心似的舒了口气,微笑着说道。

此时,我忽然尝到了一种清凉的幸福感,这种感觉已经很久没有体验到了。(对呀,让丈夫舒心我才能舒心呀。道德啦什么啦都不存在,只要心情舒畅就心满意足了。)

那天夜里,我钻进丈夫的蚊帐,说:"没什么,没什么,我什么都不想。"

当我躺倒在床上的时候,丈夫用沙哑的声音,佯装开玩笑地说了声:"Excuse me."

说着起身盘腿坐在地铺上,连连说道:"Don't mind.

Don't mind."

那是个满月的夏天的夜晚,月光透过遮雨窗的缝隙,变成四五条细细的银线,射进蚊帐,洒在丈夫瘦骨嶙峋的胸脯上。

"你可瘦多了呀。"我也半开玩笑地笑着说,在铺上坐起了身子。

"你也瘦了啊,担心过度,就会这样。"

"不对,不是说了嘛,我什么都不想,没事儿,我很乖。只是,你要疼我呀。"

我说着笑起来,丈夫也笑起来,露出了沐浴着月光的洁白牙齿。在我很小的时候就已经过世的故乡的祖父母,经常吵架,每当这时,祖母就会对祖父说:"要疼我呀。"还是孩子的我,直觉得好笑,结婚以后,我和丈夫说起这事,两人还放声大笑过呢。

那时我这么说的时候,丈夫到底还是笑了,但马上一本正经地说:"我自己觉得很疼你,不愿让你经风浪,我自认为很疼你,因为你真是个好人。所以不要在意那些鸡毛蒜皮的事,保持自己的自尊,沉着冷静地对待。我无论何时都只想着你,就这点来说,你不管有多自信,这自信都不会过头的。"

说得那么郑重其事,甚至有些败兴,我深感难堪地低头小声说:"不过,你是变了。"

(你索性不要想我,你厌恶我、恨我,这样我反而轻松愉快,我会因此而得救。你如果真的如此想着我,那你抱着别人的样子就会把我打入地狱。

男人误以为自己时常惦记着妻子就是符合道德的,不是吗?男人总是确信自己纵然有了新欢也不忘妻子,这是善事,是有良心的,而应该不断坚持下去,不是吗?于是,当他另有所爱的时候,就在妻子面前郁闷地唉声叹气,开始陷入道德的烦恼,到头来妻子也被这阴郁所感染,跟着一起叹起气来。要是丈夫您快活得无忧无虑的话,我这做妻子的,就不会尽想着地狱里的事。要是爱上了别人,那就干脆忘掉妻子,坦诚地一心一意地去爱好啦!)

丈夫笑得有气无力,然后语无伦次地说道:"变得了吗?变不了的。只是最近太热了,热得受不了。夏天就 Excuse me 了。"

我也微笑着说:"你这人真讨厌。"

我装出要打丈夫一拳的样子,然后哧溜从蚊帐里出来,钻进自己房里的蚊帐,在儿子和小女儿之间摆出"小"字形睡下了。

仅此而已,可我还是因为能向丈夫撒撒娇,一起畅谈,一起开心地笑而感到满足。心里的疙瘩似乎渐渐消失,近来一直彻夜难眠的我,那天夜里,竟也睡得香极了。

今后凡事就这样稍稍向丈夫撒撒娇,开开玩笑,甚至哄骗一下也无妨,态度不端正也无伤大雅。所谓道德无关紧要,只求能舒心地生活,哪怕只是稍许的、片刻的。我的想法发生了变化,觉得这种快活哪怕只有一两个小时也行,我开始用手掐起丈夫来,于是家里屡屡响起欢快的笑声。正值这时,有一天早晨,丈夫突然说想去洗温泉。

"头很疼呢,可能是热的缘故吧,信州[1]的那家温泉,附近也有我认识的人,那人总说'你随时来吧,不用担心带大米来的事。'我想去静养两三个星期,再这样下去,我要疯了,反正我想逃离东京。"

我开始琢磨起丈夫是不是想逃脱那人才去旅行的。

"你不在家的时候,要是强盗端着枪闯进来,怎么办?"

我笑着说道。(啊,悲哀的人们总爱笑。)

1　现在的长野县。明治以前称信浓(国)。

"你就跟强盗说'我的丈夫是个疯子。'即便是强盗也会拿疯子没辙吧。"

别无反对旅行的理由了,我想从壁橱里找出丈夫出门穿的麻布夏装,可是到处找,也没找到。

我心里开始发慌了,说:"没有啊,是怎么回事呢?家里没人时进了小偷吗?"

"我拿去卖了。"丈夫带着一副哭笑不得的表情说道。

我发蒙了,极力装出平静的样子说:"啊,手真快。"

"这就是我超过持枪强盗的地方。"

我心里想,一定又是为了那个女人偷偷把钱花了。

"那你穿什么去?"

"有一件开领衬衣就行了。"

早上刚提起,中午就要出发。丈夫看样子立刻就想离开家。

持续炎热的东京唯独那天下了骤雨,丈夫背起背包,穿上鞋,坐在门口的台阶上,心情焦躁地皱着眉,等着雨停下来。忽而他嘟囔了一句:"紫薇花是隔年才开一次吗?"

大门口的紫薇,今年没有开出花来。

"可不是吗?"我茫然地答道。

这就是我和丈夫之间展开的最后一次,算得上夫妻的亲密的对话。

雨停了,丈夫像是逃跑似的匆匆忙忙出了家门。三天之后,报纸上便登载了一则诹访湖情死的简短消息。

后来,我收到了丈夫从诹访的旅店寄出的信。

"我和这个女人去死不是因为恋爱。我是记者,记者总是一边鼓动人们去革命去破坏,一边却揩着汗而溜之大吉。其实记者是种颇奇怪的动物,当今的恶魔。我自己不堪忍受对自己的厌恶,决心亲自登上革命的十字架。记者的丑闻,这难道不是史无前例的吗?如果我的死,能让现代的恶魔感到哪怕是一丁点的羞愧和反省,我也将很高兴。"等等。

信里写着这些着实无聊而愚蠢的内容。男人是否到死都要装模作样,拘泥于所谓意义云云,或是虚荣得要撒出弥天大谎来。

听丈夫的朋友说,那个女人是丈夫以前工作过的神田杂志社的女记者,二十八岁,我疏散到青森的时候,她来家里住过,并且怀了孕。哎,就这点事情还嚷嚷革命啦什么的,然后竟然去寻死,我越发感到丈夫是个很庸俗的人。

革命是为了人们活得更好,光有悲壮表情的革命家我是信不过的。丈夫为何不能更堂堂正正地去爱那个女人,爱得以致让我这个做妻子的也感到快活呢?如同地狱般的恋爱,当事人固然非常痛苦,进而也给留下的人带来麻烦。

审时度势、顺应潮流,才是真正的革命,只要做到这一点,任何问题就可以迎刃而解。我领着三个孩子,为了给丈夫料理后事,乘上去诹访的火车。想到丈夫既对自己的妻子矢志不渝,又害怕被钉上革命的十字架时,油然而生的与其说是悲哀和愤怒,不如说是因无端的荒谬而发出的颤抖。

家庭的幸福

"官僚可恶"这种说法和所谓"清正、开明、爽快"之类的说法同样是极其愚蠢、陈腐甚至无聊的。我对于"官僚"一类人的真面目以及如何不好是缺乏种种实感的。等闲视之或是漠不关心都接近我的想法。我甚至觉得，当官的都很霸道，仅此而已。可是，即便是民众，狡猾、肮脏、贪心、背叛之徒也不是没有，所以这种情形应该称为一胜一负、不相上下吧。而官僚中的大部分人反倒幼时勤奋好学，长大了立志出乡，死记硬背《六法全书》，勤俭节约，对于友人的吹毛求疵也只是充耳不闻，敬爱祖先之念深厚，在亡父的祭日里前去扫墓，还将大学毕业证书放在金色的镜框里，挂在母亲寝室的墙壁上。真可谓孝敬父母，而不友爱兄弟，不信任朋友。在政府机关工作，但求自身没有大过，不憎不爱任何人，不苟言笑，力求公平，绅士的榜样，出众、出色，稍稍逞威风也无妨。所以我对世上的所谓官僚甚至是同情的。

然而有一天，我身体稍有不适，一整天在床上恍恍惚惚地听着收音机里的广播。在这之前的十多年里，我从未在家中设置过这类电器，只觉得它张扬且不风雅，什么技能、机智、勇气也没有，厚颜无耻，一味嘈嘈杂杂，喧嚣无比。空袭那阵子，我从窗户探出脑袋，听着邻居广播里的一架飞机怎么了、另一架飞机又怎么了之类的报告，对家里人说：肯定不要紧。收音机仅派上了这点用场。

不，事实上收音机这东西比较贵，如果有人相赠，拿来用用也行，对于我这个除了酒、香烟和美味的副食以外都非常节俭吝啬的人来说，购买收音机什么的是一种极端的浪费。尽管如此，去年秋天，我照常在别处连续喝了两三夜的酒，傍晚惦记起家人，心里战战兢兢、忐忑不安起来。我艰难地迈着步子，好容易来到了家门口，深深地叹了一口气，"哗啦"一声打开了大门。

"我回来了。"

清新明快地报告回家的消息，声音却总是沙哑得厉害。

"哇，爸爸回来了。"

七岁的长女叫道。

"啊，是爸爸呀，到底上哪儿去了啊？"

妻子抱着小婴儿走了出来。

我瞬间想不出合适的谎言，便搪塞道："这里那里，到处走走。"

"大家都吃饭了没有？"

一边拼命地胡乱应付着，一边脱去外套，走进家中。这时，衣柜上传来了广播声。

"你买了这个？"

我因夜不归宿，无法强硬起来。

"这是雅子的。"

七岁的长女得意洋洋地说："是和妈妈一起去吉祥寺买的。"

"那好啊。"

我对孩子说得很亲切，然后转向妻子小声地说："很贵吧？多少钱？"

妻子回答说一千块钱左右。

"太贵了，你到底从哪儿弄来的这么多钱？"

我为了酒、烟和美味的副食，手头总是很拮据，于是向各家出版社借很多钱，家境自然贫寒。妻子的钱包里，最多也只有三四张百元纸币，这种状况是没有半点虚假的。

"连爸爸一个晚上的酒钱都不够，还说这么多钱呢。"

妻子到底愣住了，笑着这样辩解道："爸爸不在家的这些日子，杂志社的人给我们送来了稿费，于是就去吉祥寺，狠狠心把它买了下来，这个收音机是最便宜的。雅子也怪可怜的，明年就上小学了，有收音机，也能教她点儿音乐。还有我，晚上等着你回来直到很晚，缝缝补补的时候，听听广播，解解闷儿，心情是多么的轻松啊。"

"吃饭吧。"

就这样我们家也有了收音机，可我依然在外面东奔西走，从收音机里获取的信息少之又少。偶尔也播放我的作品，即便这样，有时我也会一不留神错过去了。

总之一句话，我对收音机不抱什么希望。

几天前，我因生病卧床，把收音机里的所谓广播节目，从头到尾听了一遍。听着听着，我觉得这可能还是多亏美国人的指点，战前战时的那种俗气少了一些，竟变得欢快起来。不是突然响起教会的钟声，就是传来古筝的音色，或是绵绵不断的外国古典名曲的唱片声，着实富于匠心，出于不让听众腻味的殷勤，没有一刻幕间的间歇。听着听着到了中午，进而又到了晚上，竟连一页书也没能读成。这样晚上八九点的时候，我听到了一段奇妙的内容。

这是一个街头录音。趣旨是所谓政府要人和所谓民众在街头互相发表各自的主张。

所谓民众以一种近乎愤怒的语气，激烈顶撞一个官僚。于是那个当官的就一边神秘地笑着，一边极幼稚地重复着例如研究当中诚然应该如何如何，我们是力求日本重建、官民协力的。在民主主义的社会里，根本不会做出那种极端的事情，所以，政府期待着大家的协助云云。也就是说，那个官老爷等于从头到尾一句话都没说。所谓的民众就越发愤怒起来，唇枪舌剑，咄咄逼人。当官的也就越发盛气凌人，发出先前怪异的笑声，过分认真地反复着那既厚颜无耻又愚不可及的一般理论。民众中的一个人，终于声泪俱下地威逼起那个官僚来。

我在被窝里听到这些，终于按捺不住了。如果我在现场，并且主持人征求我的意见，我一定会这么呐喊："我不打算缴纳税金，我靠借债生活，我喝酒，也抽烟，这些都收取很高的税金，所以我负的债也有增无减。我还四处借钱，没有能力还清债务。加上我体弱多病，也为了副食啦、针剂啦、药品什么的借钱。我现在从事着艰苦的工作，至少这工作比你辛苦，我满脑子净想着工作的事，以致怀疑自己是否真的疯了。如果说烟酒和美味的食品对于现在的日本人来说太奢侈，应该放弃的话，日本将连一个好的艺术家都不存在，这一点我是可以断定的。我并非在威胁，你从刚才就一直煞有介事地叫嚷什么政府啦、国家啦，可是引诱我们自杀的政府和国家迅速消失才好，谁也不稀罕。为难的只有你们自己吧，因为你们将被解雇，几十年的工龄将化为泡影。还有你们的老婆孩子也会哭。可是我们已经为了工作，从很早以前就一直让老婆孩子掉眼泪了。我们并不愿意这样，因为忙于工作顾不上这些。而你们呢，暗地里笑着，说什么你们就包涵着点儿吧，简直岂有此理。你让我们上吊吗？喂，笑得有失体面啊，不许窃笑！滚开！有失体统！我既不是社会党的右派、左派，也不是共产党员，我是艺术家。记着，我最痛恨肮脏的欺骗了。你根本就在轻视我们，你以为说些不疼不痒、不负责任的话就能安慰所谓民众，让他们心悦诚服了吗？只要说出一句你实际的立场是什么就行，把你真正的立场……"

如此这般粗俗的当众辱骂之词，接连不断地涌上心头，尽管自己明白这样有失文雅，可还是抑制不住满腔的愤怒，终于独自越发兴奋起来，以致最后流出了眼泪。

总归是在家的英雄、在外的狗熊。我对经济学完全不明白，可以说税金什么的几乎不懂。而我正逢街头录音的场合，诚惶诚恐地发问而已，于是被当官的教训一顿之后说："是吗？对不起。"

可能就是这样一种悲惨结局。不过我就是讨厌官老爷的那种奸笑，是对自己的发言缺乏自信的表现，是欺骗的表现，是不负责任的表现。如果那种奸笑般的一问一答就是官僚本来面目的话，官僚就一定不是什么好东西。太瞧不起人了，过于轻视这个世界了。我听着广播，感到极大的愤怒，真想放火烧掉那个官老爷的宅子。

"哎，把收音机关掉。"

我再也无法忍受听那官老爷奸笑了，我不缴纳税金，只要那官老爷还在奸笑我就不纳税，坐牢也无妨，只要他还在诓骗我，我就不纳税。我先是愤激地发作，然后便懊悔地流出了眼泪。

可是我还是对政治运动不感兴趣，不仅与自己的性格不相符合，而且我也不能因此得到拯救。我对政治运动只感到厌烦，我的视线总是投向人们的"家庭"。

当晚我服用了前一天医生开的镇静剂，稍稍安定了情绪，不再思考当今日本的政治和经济等问题，而是一门心思反复思考起上次那个官老爷的生活形态来。

那人的奸笑并不是轻视所谓民众的奸笑，绝没有这种性质。那是捍卫自己身份和立场的一种笑，防御的笑，回避敌人锐利的刀锋的笑。也就是一种欺骗的笑。

就这样我一边躺着，一边展开了如下的空想。

他结束了在那个街头的讨论，舒了一口气，擦了擦汗，然后突然绷起脸，回到了他的官署。

"怎么样？"

听到部下这么问自己，他苦笑了一声，回答说："不，别提了，糟糕透了。"

而同在讨论现场的另一个部下则奉承道："不不，为什么？可以说是快刀斩乱麻啊。"

"快刀应该写成怪刀吧？"

说着他依然苦笑了一下，内心却不以为然。

"不是玩笑，你和那个提问者的大脑构造根本不一样。总之，我们是千军万马的……"

部下意识到自己有点过于献殷勤，于是马上转了话题。

"今天的录音，什么时候播放？"

"不知道。"

虽然知道，但说不知道显得这个人物既文雅又大方。

他露出已将今天发生的事全部忘却的神情，开始缓缓工作起来。

"不管什么时候播放，都让人抱有期待啊。"

部下依然在小声说着奉承话。可是这个部下丝毫不抱什么希望，而就在播放的当天夜里，他去了一家奇怪的摊子，喝了奇妙的劣等烧酒。播放街头讨论的时候，正是因醉酒吐得最厉害的时候。所以根本谈不上期待云云。

那人感兴趣的是那个官老爷和他的家属。

终于到了今晚广播的时间，官老爷这天比往常提前一小时回到了家，然后在播放街头录音三十分钟前和家人一起紧张地守候在收音机旁。

"马上就能从这个盒子中听到爸爸的声音了。"

夫人抱着最小的女儿，这样说道。

中学一年级的男孩规规矩矩坐着，将两手端放在膝盖上，彬彬有礼地等待着广播的开始。这孩子长得俊，成绩也好，并且打心眼里敬佩爸爸。

广播开始了。

父亲泰然地吸着香烟，可是火立刻熄灭了。父亲没有察觉到，又吸了一口，于是手指夹着香烟，倾听着自己的答辩。录音里的答辩比自己预想的要顺畅得多。就这样很好，没有大错。官署的评价也还好吧，算是成功了。并且这正在日本全国播放呢。他依次看着自己家人，大家的脸上都闪耀着骄傲与满足的光辉。

家庭的幸福，家庭的和平。

人生最高的荣誉。

这并非讥讽，正是一道亮丽的风景。不过，请稍等。

我的空想，此时突然中断，一种奇怪的想法顿时掠过脑海。家庭的幸福，有谁不在向往呢？我不是在说笑话，家庭的幸福或许是人生最高的目标，最大的荣耀，乃至最后的胜利。

可是，为了得到这个，他让我悔恨得痛哭流涕。

我躺在被窝里的空想陡然一变。

倏忽之间，一个短篇小说的题目浮现出来，这篇小说里不再出现那个官老爷，不用说那个官老爷的身世完全是我病卧中的空想的产物，不是实在的见闻。同样，下面这篇短篇小说的主人公也只不过是我幻想中的人物罢了。

……那是一个颇幸福、和平的家庭。主人公的名字就叫津岛修治吧，这是我的户口簿上的名字。弄不好使用假名会偶然和现实的人名相似,给人家造成麻烦,也苦了自己,所以为了避免引起误会,我将我的户口簿上的名字提供给大家。

津岛的工作单位是哪儿都无妨,只要是所谓的政府机关就行。刚才提到了户口簿,就把他的工作视为町政府机关的户籍科吧,什么都可以。主题已经有了,剩下的只要按照津岛的工作性质,补充一些故事情节就可以了。

津岛修治在东京都管辖的一个町政府机关工作,是户籍科。他年龄三十岁,总是面带微笑,虽说不是什么美男子,血色还好,长着一张所谓有阳刚之气的脸。配给科的老妪曾说,和津岛说话可以忘记辛苦。二十四岁成婚,长女六岁,下面一个男孩三岁。一家由这两个孩子、妻子、自己的老母亲和他自己五口人组成,是一个非常幸福的家庭。他在官署至今没有犯过错误,是一个模范的户籍科官员。并且对妻子来说是模范丈夫,对老母亲来说是模范孝子,对孩子们来说是个模范爸爸。他烟酒不沾,不是在克制,是不需要。妻子将这些全部卖给了黑市,换来了老母亲和孩子喜欢的东西。不是吝啬,丈夫妻子为有一个愉快的家庭竭尽全力。本来这个家族的本籍在北多摩郡,亡父作为中学校和女子学校的校长东奔西走，家族也随之辗转各地。后来，亡父在当了仙台某中学的校长不满三年的时候病故，津岛体谅到老母亲的心情，就把亡父遗产的大部分一股脑儿抛掉，在现在的这个武藏野的一角，新购了一座分别有八张、六张、四张半、三张铺席大小的富有文化气息的住宅。而自己就在亲戚的介绍下，在三鹰町的衙门做起了工作。幸好没有遇到灾难，两个孩子养得胖乎乎的，老母亲和妻子相处得也融洽。他日出而起，在井边洗把脸，神清气爽，不禁朝着太阳击掌礼拜。只要想起老母亲和妻子的笑颜，采购回来的六贯红薯也不觉得重了。干地里的活儿、汲水、劈柴、朗读小人书、给孩子当马骑、和孩子一起玩积木、教孩子学走路，虽然过得朴素，但家庭春意常驻。宽广的院子，虽然都开垦成了田地，这家主人和只会让人扫兴的实利主义者不同，他让田地四周的草木一年四季开放出优雅的花朵，每当院子一角的鸡窝里白来亨鸡产下鸡蛋的时候，家里就会充满欢笑声。这样的事不胜枚举，总之是个幸福的家庭。不久前，在同事们的强迫下无奈收下的两张彩票中，一张中了一千块的奖，因为生性沉着冷静，不慌不忙，既没告诉家里人也没告诉同事，而是在几天后的上班路上，到银行把它换成了现金。为了家庭的幸福，不仅不小气，而且大方得不惜花掉重金。就拿家里的收音机来说吧，破损得连收音机店的人看了都说"无法修缮"，这两三年就成了茶柜上的装饰品，想到老母亲和妻子对这个废品时常发牢骚，从银行出来就径直去了收音机店，毫不犹豫地随意买了台新的，并告知家庭地址，让他们送来，然后带着一副若无其事的表情去官署上班。

可是，我心里依然很高兴，别说老母亲和妻子又惊又喜，长女自从懂事以后，当听到自己家的收音机第一次响起歌声的时候，她是多么兴奋、多么得意啊！还有儿子那眨巴着眼睛的不解的表情，一家的欢笑，这些我都记忆犹新。正在这时候，他回到家，开始说出彩票的秘密之后，又是一阵欢笑。啊，回家时间快点到来吧，我要沐浴和平家庭的阳光。可今天一天偏偏很漫长。

太好了，回家时间终于到了。他开始手忙脚乱地收拾桌上的文件材料。

就在这时，一个穿着非常寒酸的女人手拿一份分娩报告书，气喘吁吁地出现在他的窗口。

"请您受理。"

"今天已经不行了。"

津岛脸上露出往日那种"让人忘却辛苦的"微笑回答着，一边收拾干净桌上的东西，然后拿着空饭盒站了起来。

"请您受理。"

"你看看表，都几点了。"

津岛兴致很高地说着，把分娩报告书从窗口退了回来。

"拜托您了。"

"明天再来，好吧？明天。"

津岛的语气很和气。

"必须今天做完，否则我很为难。"

此时津岛已经从眼前消失了。

……有关那位寒酸女人的分娩悲剧，其中有各种各样的形态吧。至于那个女人为何去死，我（太宰）也不清楚。反正那女人深夜跳进了玉川上水，这消息登在了报纸首都版的一个小角落里。身份不明。津岛没有任何罪过，在该回家的时间回了家。津岛根本不记得那个女人的事了，就这样一如既往地微笑着为家庭的幸福鞠躬尽瘁。

我在病中彻夜难眠时想出的大体就是这样一个情节的短篇小说，仔细想想，这个主人公津岛修治，好像没必要当官老爷，可以当银行职员或是医生什么的。可是，让我想起写这部小说的是那个官老爷的奸笑。那种奸笑源于什么呢？所谓"官僚的恶"的基地是什么呢？所谓"官僚主义"风气的风洞又在哪里呢？我顺藤摸瓜，撞在了可以称为家庭利己主义的这个阴郁的观念上，于是，我终于得出了以下可怕的结论：所谓家庭的幸福乃是各种罪恶的本源。

樱桃

我面对着山,抬起了眼。

——《诗篇》第一百二十一

我认为父母比孩子更重要。有些人为了孩子正经琢磨起古式道学家的事情,其实,往往父母比孩子更羸弱。至少在我家是这样,我从未有过等自己老了以后求助于孩子、让孩子照顾自己等此类自私自利的用心。我这个做父母的,在家里总是讨好孩子。说是孩子,我家的孩子们都还颇为年幼,长女七岁,长男四岁,小女儿一岁,却已经有压倒父母之势了,而父母俨然像孩子们的男佣女仆一样。

夏天,一家人全部集中在三铺席的房间里,热热闹闹地一起吃晚饭,父亲拼命用毛巾揩拭着脸上的汗,独自念念有词地发着牢骚:"柳多留[1]里说吃饭淌大汗是很难堪卑俗的事情,可是这么多孩子吵吵闹闹,再文雅的父亲也会淌汗的。"

---

1 "诽风柳多留"的略称,江户中期至后期每年发行的川柳选集。与俳句一样,按照5、7、5的顺序排列,由17个音节组成。以口语为主,不受季语、终助词等限制,形式较为自由,多用于表达心情或讽刺时政等。

母亲让一岁的小女儿含着奶头，伺候父亲和长女、儿子吃饭，一会儿把孩子们吃撒的饭粒儿擦掉或是捡起，一会儿帮助孩子擤鼻涕，像是有三头六臂，忙得不可开交。

"爸爸鼻子最爱出汗了，总是不停地擦鼻子。"

于是，父亲苦笑着问："那么你是哪儿呢？大腿内侧吗？"

"好一个文雅的爸爸啊。"

"不，不是很有医学根据吗？没什么文雅不文雅的。"

"我嘛……"

母亲稍稍认真起来，说："这个奶头和这个奶头之间是……泪之谷……"

泪之谷。

父亲沉默了，继续吃着饭。

在我的家庭里总少不了开玩笑。可能正因为"心里烦恼"的事多，所以"表面上要装得快活"。不，不光是在家里，我和人接触的时候，无论心里多么难受，身体无论多么痛苦，大多场合我都会拼命努力创造出快乐的气氛来。以至于和客人分别后，我疲惫得东倒西歪，于是就会想些金钱、道德、自杀的事情。不，不光是和人接触，即便写小说的时候也同样如此。我在伤心的时候，反而会努力创作出轻松愉快的故事。我自认为这是最好的服务，但是没有人意识到这一点，反而轻蔑地说什么太宰治那个作家，最近很浮躁，光靠有趣的情节引诱读者，丝毫没有价值。

一个人为别人服务难道是坏事吗？装腔作势、不苟言笑难道是好事吗？

总之，对于过分正经以致令人扫兴、不爽的事儿，我是不能容忍的。我在家里也不停地开玩笑，如履薄冰似的开玩笑，却和一些读者和评论家的想象背道而驰，我房间的铺席翻了新，桌子上也变整洁了，夫妻间相敬相爱，别说丈夫打妻子的事没有，就连"滚出去""滚就滚"这样粗暴的争吵也从未有过，父母争相疼爱孩子，孩子们也快活地跟随着父母。

可是那只是表面上的。母亲袒露的胸是"泪之谷"，父亲夜里冒的虚汗也越来越厉害，夫妻虽然彼此知道对方有多痛苦，但极力不去触碰，父亲开玩笑的时候，母亲也跟着笑。

此时，当母亲说出"泪之谷"的时候，父亲沉默了，想开玩笑转个话题，然而一时又想不出合适的措辞，继续保持沉默。这样一来，内心就越发窘迫，最后连"行家"的父亲也终于满脸严肃地说:"雇个人吧,也只好这样了。"

父亲为了不伤害母亲的情绪,胆战心惊地嘟囔着,像是在自言自语。

三个孩子。父亲对家务事全然无能为力,连自己的被子也不收拾,只知道开些无聊的玩笑。配给啦、登记啦这样的事也不知道,像是住酒店的客人,只管享受服务。有时候带着便当去工作室,一走就是一个星期也不归家。虽然口口声声工作工作,可是一天最多写上两三张稿纸。再就是酒,喝多了的时候,面容急剧憔悴,昏睡不起。而且还在外面到处结交年轻的女朋友。

再说孩子吧……七岁的长女和今年春天刚出生的二女儿体质容易患感冒,但仍属正常。可是,四岁的长男骨瘦如柴,还不会站立,也不会说一个词儿,只会发出"啊、哒"的声音来,更听不懂人家说的什么,在地上爬来爬去,大小便时也不会说。尽管这样,倒是很能吃饭,但不知为什么还是很瘦小,头发也稀,身个儿一点儿也不见长。

父母尽量回避深谈这个长男的事,如果两人之间即便说出一个"白痴"或是"哑巴"之类的词,并且互相加以肯定的话,那将是一件极悲惨的事。母亲有时候紧紧抱着这孩子,父亲则经常发作性地想抱着这孩子一起投河自尽。

"哑巴次子遭斩杀。×日正午许×区×町×番地×商,某某(五十三岁)于自宅六铺席的房间以劈刀袭击其次子某某(十八岁)头部,将其杀害,并以剪刀刺穿自己喉管,未死。送至附近医院治疗,情况危笃。该家族最近收养二女某某(二十二岁)女婿做养子,此乃出于为哑巴且弱智的次子所苦而疼爱女儿的缘故吧?"

这则报纸的信息,又让我喝起了闷酒。

唉!要是这孩子单单是发育晚了些该有多好!或是猛长个儿,就好像在愤恨和嘲笑父母的担心该有多好!父母亲没有告诉亲戚朋友及其他任何人,只是默默在心里惦记着,表面上若无其事地照旧嘻嘻哈哈逗着儿子发笑。

母亲拼出性命过日子,父亲也在努力工作。原本不是多产的小说家,是个极端的胆小鬼,被揪到公众面前,张惶失措地写着小说。写不下去了,就求救于酒。他把这种酒叫作"自暴自弃酒",是在不能伸张自己的想法而感到焦虑、悔恨时喝的酒。无论什么时候都能明确发表自己主张的人是不会喝闷酒的。(女人很少喝酒,就是这个原因。)

我在辩论中从来没有赢过,必定会输,总是被对方坚强的确信、惊人的自我肯定所压倒。于是，我开始沉默了。但是越想越觉得是对方的为所欲为、断定并非只是自己不好。尽管如此，既然已经输了，还执意要重新开战，未免有些不太正大光明，加之对于我，争吵和打群架一样，不满和憎恨永远无法消失，于是尽管因愤怒而颤抖，还是时而笑着，时而沉默着，左思右想了很多很多以后，又喝起闷酒来。

我就直说吧，拐弯抹角写了很多，其实这部小说就是夫妻吵架的小说。

"泪之谷。"

这就是导火索。这对夫妻前面已经提到，别说蛮横的举止，就连脏话也没互相骂过，是一对颇老实的夫妻。然而正因为这一点，有时就会害怕一触即发。双方都不说话，就像是要找出对方作恶的证据。摸出一张牌看一下，盖上，再摸出一张，看一下，又盖上，冷不防有一天突然说"和"了，就将所有的牌亮在你的眼前。这些都不能不说是加深了夫妻之间的疏离感。妻子姑且不论，丈夫是个越拍打越落灰的男人。

"泪之谷。"

听到这里丈夫心里不自在了，可是又怕引起争吵，所以就沉默不语了。你可能是心里委屈才这么挖苦我，可哭泣的不只是你一个人啊，我也想着孩子呢，这一点不比你差。我觉得自己的家庭很重要，孩子半夜稍稍咳嗽一声我就会醒来，担心得要命。我应该让你们搬进更舒适一点的家，让你和孩子们高兴，可是，我怎么也照顾不到这一点。我已经竭尽全力了。我并非残暴的恶魔，没有那种对妻子见死不救的胆量，我也不是不知道配给和登记的事，是没有工夫知道这些。……父亲在心里嘀咕着，终于没有勇气说出来。并且要是说出来遭到母亲反击，说不定会无言以对，于是就自言自语般地仅道出了一点主张："雇个人吧。"

母亲也是个沉默寡言的人，但对说出的话，总抱着冷彻的自信。（不仅母亲，女人大体都这样。）

"可是哪儿会有人肯来呀？"

"找找看，一定能找到。不是没有人来，就怕人家待不住。"

"你是说我不会使唤人，是吗？"

"你又说到哪儿去了……"

父亲又沉默了。心里确实这样想，但还是不开口。

啊，若能雇上一个人就好了。母亲背着最小的孩子，有事出门的时候，父亲就得照顾其余的两个孩子。并且，每天准有十来个客人上家里来。

"我想去工作室。"

"现在吗?"

"是,有东西今晚无论如何得写完。"

这不是谎言,但同时也想从家里阴郁的气氛中逃脱出来。

"今晚,我想上妹妹那儿去。"

我也知道小姨子病危,可是,妻子要是去探望,我就得看孩子。

"所以我说雇个人……"

刚说出口,我便止住了。对于妻子家里的人,即使稍稍介入,也会将两人的心情弄得复杂起来。

活着是一件很要命的事。到处缠着锁链,稍微一动,就会血如泉涌。

我默默地站起身,从六铺席房间的抽屉里,取出装有稿费的信封,塞进袖兜,然后把稿纸和辞典包在黑包袱里,像是失去了重量,轻飘飘地来到了外面。

哪里还谈得上什么工作,满脑子想的都是自杀的事。就这样径直走向酒馆。

"欢迎光临。"

"喝上一杯吧,今天又穿得这么花里胡哨的……"

"不难看吧?我想到是你喜欢的那种条纹。"

"今天和老婆吵架,心里憋得慌,喝吧。今晚就住这儿了,坚决住这儿了。"

我想说父母比孩子重要,因为父母比孩子更脆弱。

樱桃上了桌。

在我家,不给孩子吃什么山珍海味,孩子可能连樱桃什么的都没见过。给他们吃,他们一定会很高兴,是父亲带回家的,当然高兴了。将枝蔓用线穿起来,挂在脖子上,樱桃看上去宛如珊瑚项链一般好看。

可是父亲颇乏味地吃着盛在大盘子里的樱桃,吃了一个吐出核儿,又吃了一个,又吐出核儿,一边在心里虚妄地嘟囔着:父母比孩子更重要。